COLLECTION FOLIO

Irène Némirovsky

Les vierges

et autres nouvelles

*Texte établi et préfacé
par Olivier Philipponnat*

Denoël

© *Éditions Denoël, 2009.*

Irène Némirovsky, née à Kiev en 1903, fut contrainte à un premier exil lorsque, après la Révolution russe, les Soviets mirent à prix la tête de son père, un financier. Après une année passée en Finlande et en Suède, elle s'installe à Paris. Polyglotte, riche de ses expériences et passionnée de littérature, Irène a déjà publié deux romans et quelques nouvelles lorsque, en 1929, elle envoie à Bernard Grasset le manuscrit de *David Golder*. Et Irène devient une personnalité littéraire — injustement oubliée pendant des années — fêtée par les princes de la critique. Henri de Régnier, Tristan Bernard, Paul Morand sont ses familiers. Il ne faudra pas dix ans pour que ce rêve tourne au cauchemar : victime de l'«aryanisation» de l'édition, Irène n'a plus le droit de publier sous son nom tandis que Michel, son mari, est interdit d'exercer sa profession. Puis la guerre lui arrache de nouveau son foyer, puis la vie. Elle ne vit pas l'exode, mais elle l'observe du village du Morvan où elle trouve refuge, avant d'être déportée à Auschwitz en juillet 1942 où elle est assassinée sans avoir achevé son ultime roman, *Suite française*.

Préface

Dans les fils du destin

Dans l'espoir d'intéresser le lecteur de 2052, Irène Némirovsky avait sciemment retranché de *Suite française* «toute la partie historique», préférant observer, comme Tolstoï, les effets de la guerre sur les comportements et sur les sentiments. Que saura-t-on dans quarante ans d'événements aussi lointains que l'Exode et l'Occupation, pour peu qu'entre-temps d'autres catastrophes les aient occultés? Dans cette incertitude, mieux valait en effet toucher les cœurs plutôt que la mémoire.

Par accident, *Suite française* est paru bien avant 2052. Ce roman, le plus ambitieux jamais entrepris sur et sous l'Occupation, n'aura donc été reçu ni par ses contemporains ni par ceux-là que son auteur présumait. L'«horizon d'attente» réserve pareils malentendus aux œuvres prématurées comme aux romans posthumes; mais c'est ce décalage, pensait Hans R. Jauss, qui rend certains livres éternels. On ne les prend jamais pour ce qu'ils sont. Ainsi, le lecteur des années 2000 a pu s'étonner de ne pas trouver le document qu'il croyait — un autre *Village à l'heure allemande*, pourquoi pas un *Journal* d'Anne Frank. S'étonner aussi que la persécution antijuive n'ait jeté aucune ombre sur ce livre dont le seul parti est celui du «destin individuel» contre l'«esprit de la ruche» (ce que Virginia Woolf appelait les *unreal loyalties*, sentiments d'appartenance fallacieux auxquels Irène Némirovsky s'est toujours refusée, orgueils de clocher qu'illustre ici «La Grande Allée»). S'étonner enfin que l'auteur inactuel de *Suite française* et de *Chaleur du sang* fût également celui de romans aussi incorrects et temporels que *David Golder* ou *Le Maître des âmes*. Tel est le privilège des écrivains que l'on n'attendait plus : ils sont à jamais inattendus.

Ce recueil, par exemple. Première surprise : auteur de quinze romans que l'on découvre et redécouvre, Irène Némirovsky a laissé en outre près de cinquante nouvelles — un genre auquel cette lectrice de Tchekhov et de Katherine Mansfield n'a cessé de revenir avec un soin plus qu'occasionnel : révélateur. Même «alimentaire», même sous pseudonyme comme les lois scélérates de Vichy l'y contraindront, une nouvelle d'Irène Némirovsky ne passe pas inaperçue. En février 1942, André Suarès peut ainsi distinguer dans le torchon qu'est devenu *Gringoire* «une perle au fond de l'auge à cochons», un «récit ferme et sobre [...] qui ferait honneur à Mérimée[1]».

---

1. A. Suarès, *Vita Nova*, Rougerie, 1977, p. 33-34.

Or il s'agit de la nouvelle «L'incendie», d'un certain Pierre Nérey : l'anagramme d'Irène, délaissé depuis 1929, mais qu'elle a dû reprendre le 5 septembre 1941 pour signer «Les revenants».

Longtemps, l'histoire brève fut pour elle le seul format susceptible d'accueillir un souvenir d'enfance trop imprécis ou trop tardif pour avoir nourri *Le Vin de solitude*, son «autobiographie romancée à la Dickens». Ces réminiscences, involontaires ou forcées, sont la matière première de son œuvre et le principal objet du «journal de travail» ininterrompu où elle s'ébauche jusqu'en 1939. Ainsi «Magie», souvenir du temps où, dans la «vieille maison de bois» de Mustamäki, en Finlande, pour tuer l'ennui et provoquer le sort, elle s'adonnait au spiritisme avec ses camarades d'exil. Doté d'un épilogue de pure fantaisie, cet épisode insignifiant prend vingt ans plus tard une portée surnaturelle : un destin jaloux de ses prérogatives châtie la femme qui a négligé ses consignes. Les détours de la vie pour parvenir à ses fins, au mépris des ruses et des précautions humaines, sont du reste un des sujets favoris d'Irène Némirovsky — celui, par exemple, des «Cartes», où le destin d'une danseuse trop capricieuse se cabre pour obéir à la prédiction des tarots, comme un cheval contrarié qui piétine son cavalier. À de telles astuces, on voit qu'elle n'a jamais oublié ses jeux d'enfant unique, lorsque, pour se désennuyer, elle «associait les grandes personnes qui l'entouraient à mille aventures singulières où leurs visages familiers prenaient parfois des traits fantastiques[1] ».

« Il a dû y avoir quelque part, dans les fils que tisse le destin pour nous, une erreur, une maille manquée », suggère la narratrice de « Magie » ; il dut y avoir aussi le ressentiment d'une petite fille brimée, qui prendra toujours un malin plaisir à tendre des collets sous les pas de ses personnages, en particulier s'il s'agit de vieilles femmes vaniteuses. Devenue parabole — une réfutation de l'existentialisme avant la lettre ! —, « Magie » est jugée digne de paraître dans *L'Intransigeant*, au contraire de tant d'autres nouvelles, conservées, disparues ou simplement projetées, qui n'étaient que le laboratoire de ses romans. On sait par exemple que « Nuit et songes », esquissée en marge de *Suite française*, aurait mené à son terme l'idylle interdite de Lucile et Bruno ; de même, on trouve dans « En raison des circonstances », écrite au début de la drôle de guerre, une évidente préfiguration des *Feux de l'automne*. On y voit un permissionnaire confondre colère, soif de vivre et passion nationaliste, mal contracté au front par les combattants de la Grande Guerre, persuadés « que ce sont les obus, les torpilles, les flammes qui sont les seules réalités », et non — détail révélateur ? — « les mailles de bas qui sautent »... La preuve en est que c'est lui qui sautera.

Non seulement Irène Némirovsky fut, selon le mot

---

1. *La Revue des Deux Mondes*, n° 591, 1936.

de Maxence, une «nouvelliste-née[1]» — que Brasillach jugeait encore supérieure à la romancière —, mais il s'en fallut de peu, au faîte de son succès, qu'elle ne délaisse le roman pour l'écran. C'était l'époque où son éditeur, Bernard Grasset, pensait le grand public «lassé du roman[2]». Le «grand film parlé français» que Julien Duvivier avait tiré de *David Golder* venait de connaître un retentissement considérable. Projeté le 6 mars 1931 au nouveau Gaumont, sur les Champs-Élysées, il recueillit les louanges, plus ou moins spontanées, de Colette, Ravel ou Supervielle. Quelques critiques soupçonnèrent qu'Irène Némirovsky, virtuose du dialogue percutant, avait écrit en vue de l'adaptation. Ils n'étaient pas loin du compte. Habituée des salles obscures, elle ne songe pas alors à nier cette «forte influence[3]». Elle qui «ne pense qu'en images» déclare en juin 1931: «Je n'écris pas un nouveau roman. Mais dans ma tête, je médite des projets de films. Mes personnages se meuvent devant moi. Je n'invente les sentiments qu'après[4]...»

Comment s'étonner de lire dans *Les Œuvres libres*, dès le mois suivant, un long «scénario inédit» intitulé «Film parlé», qui emprunte au parlant ses méthodes les plus flagrantes? Récit, décors,

---

1. *Gringoire*, 22 mars 1935.
2. *L'Intermédiaire des éditeurs*, n° 118, 5 juin 1931.
3. Réponse à l'enquête «Estimez-vous que le cinéma ait eu ou puisse avoir une influence sur le roman? Et laquelle?», *L'Ordre*, 18 octobre 1930.
4. Michelle Derroyer, «Irène Némirovsky et le cinéma», *Pour vous*, juin 1931.

dialogues et didascalies s'enchaînent sans transition, comme à main levée. Flash-backs, fondus enchaînés, travellings, style objectif du script, champs et contre-champs, ellipses temporelles, soin maniaque du détail visuel et sonore : Irène Némirovsky invente à coup sûr un instrument, le stylo-caméra, qui ne sera guère repris — mais réinventé, vingt ans plus tard, par le nouveau roman. Est-il étonnant que si peu de critiques en aient souligné l'originalité — fût-ce, comme Ramon Fernandez, pour s'interroger sur l'utilité de tels «procédés optiques[1]», aussi légitimes soient ces tentatives dans le cadre d'une nouvelle?

Reconnaissons-le : tout saisissants, voire déroutants que soient les raccourcis de «Film parlé», Irène Némirovsky y sacrifie malgré tout aux clichés à la mode — «nègres du jazz», américanismes, prostituées au grand cœur, pavé humide et réverbères —, mais surtout elle n'évite que d'extrême justesse le *happy end*, comme si vraiment elle avait été à deux doigts de ferrer un producteur. La chose est plausible, puisqu'elle écrira aussitôt quatre nouveaux scénarios, dûment déposés à l'Association des auteurs de films, à charge pour son agent Alfred Bloch d'en négocier les droits.

Malgré l'exercice de style, les griefs d'Anne, la fille rancunière de la vieille entraîneuse Éliane, couvrent dans «Film parlé» le tohu-bohu du jazz et le brouhaha des scènes de bar : «On n'a pas le droit

---

1. *Marianne*, 27 février 1935.

d'avoir des enfants pour faire leur malheur. […] Vous m'avez abandonnée toute ma vie… Quand on a un enfant, on le garde, on l'élève…» Ces amères remontrances étaient celles de Gabri dans *L'Ennemie* (1928), d'Antoinette dans *Le Bal* (1929). Elles montrent que l'œuvre d'Irène Némirovsky, même au comble de l'artifice, est impuissante à taire ou déguiser la soif d'amour que sa mère n'a pas étanchée. Comment, dans «Film parlé», se prénomme le nourrisson qu'Anne couve d'un amour si fort qu'il parvient — fait unique — à conjurer l'hérédité maternelle, ce «sang âcre et maudit[1]» qui menace de la noyer dans la dépravation? Cette enfant s'appelle Françoise. Sans doute une jumelle de France, deuxième prénom de la fille aînée d'Irène Némirovsky, née en 1929. Elle n'a pas deux ans et déjà sa mère lui écrit un rôle sur mesure!

«C'est au cinéma et non au théâtre qu'un romancier doit s'adresser s'il ne veut pas être trahi», avait déclaré Paul Morand en sortant de l'avant-première de *David Golder*, le premier film parlant français. Deux ans plus tard, il convie tout naturellement Irène Némirovsky à lui confier «Film parlé» et trois autres de ses «scenarii» (abus de langage destiné à tromper la vigilance de Grasset) pour former l'un des premiers volumes de sa collection de textes brefs. Le recueil ne sortira qu'en février 1935. Entre-temps, aucun des scénarios d'Irène Némirovsky n'a été porté à l'écran.

---

1. *Le Vin de solitude*, Albin Michel, 1935, IV, v.

« Il ne faut plus se dissimuler que la technique cinématographique est incertaine pour lier ensemble une salade d'intrigues différentes, confie-t-elle à son journal de travail; on aura beau dire, la nouvelle, la vraie, la pure n'a qu'une chose à faire : imiter Mérimée et suivre le fil à plomb. » On entendra un écho de cette déconvenue dans « L'inconnue » : « Ses livres se vendaient moins. Le public, ces dernières années, avait de cuisants soucis et boudait ses auteurs favoris. Plusieurs affaires de cinéma qui s'annonçaient fructueuses ratèrent au dernier instant. » Rien de plus juste. Ainsi de son scénario inédit « La symphonie de Paris », qui faillit se concrétiser, ou de l'adaptation de *Jézabel*, qui n'aboutira pas plus.

Le « fil à plomb », Irène Némirovsky y revient en 1934 avec « Écho », dont l'argument est en effet rectiligne : la forme ou la difformité d'une vie, d'une œuvre, étaient souvent contenues en germe dans un « petit incident insignifiant », un hasard minuscule — ici, l'offrande d'un papillon mourant à une mère indifférente. Elle aussi connaît le lointain point de fuite qui a orienté son existence jusqu'au succès retentissant de *David Golder*, l'indice infime, l'odeur imperceptible, l'aveu volé qui lui firent comprendre qu'elle était une enfant accidentelle. L'effet aile de papillon appliqué au destin individuel. Mais il y a plus : l'aiguille plantée dans son cœur, « l'écrivain » ne parvient à la déloger, tant d'années après, que pour l'enfoncer dans celui de son fils, en toute inconscience. Ce qu'on appelle la transmission, serait-ce l'autre nom des malédictions antiques ? Vaste sujet de réflexion pour Irène Némirovsky, épargnée de justesse par le gène de la frivolité, mais qui se défera moins aisément de l'orgueil qu'elle a reçu en legs. D'où, aussi, son constant souci de donner à ses filles plus d'amour qu'il n'en faut, pour se prémunir contre le marchandage affectif. Car «l'offre et la demande, pas plus entre parents et enfants, qu'entre amants, ne coïncide jamais[1] ».

Elle croit en effet — et le redira dans *Chaleur du sang* — que l'expérience n'existe pas. Qu'à tout moment, le regret peut conduire le plus sage à se perdre. Et qu'il n'y a aucune leçon de leurs aînés dont les enfants puissent profiter. Le sang est le responsable, qui non seulement bat à rebours de la raison, mais se transmet d'une génération à la suivante. C'était le sujet d'«Écho» — dont le titre parle de lui-même —, c'est celui d'«En raison des circonstances», où une mère résignée voit sa fille s'engager le cœur gai dans la nasse d'un amour condamné, mais qui, pour se justifier, pourrait protester comme Anne : «Laissez-moi faire ma vie comme je veux, vous entendez ? » Peut-on se croire libre de tout héritage ? Beau sujet de «psychologie individuelle», un de ceux où s'est également débattu Alfred Adler, seul psychanalyste qu'ait personnellement connu Irène Némirovsky.

Les nouvelles de ce volume mettent en scène des êtres dupés par la fortune, moqués par la vie,

---

1. Journal de travail du *Vin de solitude*, avril 1934 (IMEC).

bafoués par le destin, comme le père Voillot l'est par le brouillard et devient, dans «La peur», l'assassin de son camarade. Et que dire de ce Driant (dont l'homonyme, capitaine et romancier ultranationaliste, fut l'un des chéris de Barrès), assez sot et vaniteux pour se laisser attaquer au défaut de sa cuirasse : son amour-propre ? «Ne le plaignez pas, conclut-elle, il n'a que ce qu'il mérite.» Ironie? Fatalisme? Ni l'expérience ni la cautèle n'ont été d'aucun secours à Driant, avatar du Corte de *Suite française* : la vie s'est savamment arrangée pour l'humilier. La vie, ou plutôt l'art de la romancière, qui feint de maîtriser des calamités qui la dépassent. Il semble qu'elle ait d'autant plus recours à ce consolant subterfuge que l'heure allemande tourne au clocher d'Issy-l'Évêque, le village bourguignon où elle vit repliée depuis mai 1940 et perd prise sur son propre destin. La guerre a dispersé ses certitudes, balayé tout espoir d'acquérir la nationalité française, compromis son statut d'écrivain. Contrainte d'accepter l'aumône de *Gringoire*, elle se sent, confie-t-elle, «comme une dentellière au milieu des sauvages». Fin 1940, «La peur» et «L'inconnue», transmises au journal *Aujourd'hui* sous les pseudonymes de J. Dumot et C. Michaud (la gouvernante et la nourrice de ses enfants), lui sont revenues barrées de la mention «non censuré». Refusées. Dès lors elle ne songe plus qu'à *Tempête en juin*, où c'est elle qui fera la pluie — à verse — et le beau temps !

Trahie par Fayard, oubliée par *La Revue des Deux Mondes*, lâchée par *Gringoire* en 1942, Irène

Némirovsky se sent-elle vengée par les personnages révoltés qui peuplent ses dernières nouvelles ? C'est le steward Sert, dans « L'ami et la femme », qui se transforme en ange exterminateur. C'est Camille, dans « Les vierges », refusant la pitié qu'on lui jette, malgré son amertume. Et c'est Marcelle, cette insolente « tête de fer », cette « voleuse », qui préfère encore s'accuser d'un larcin qu'elle n'a pas commis plutôt que d'essuyer le soupçon. Appeler la foudre pour la détourner. Hélas, cette passe tauromachique ne lui vaut rien : Marcelle sera jouée par son bon cœur, victime de la même injustice qu'une mère qu'elle n'a pas connue.

« Nous sommes nés fiers, c'est notre sang qui veut ça », analyse la mémé. N'y a-t-il donc aucun moyen de dévier le cours de ce fluide ? Dans les romans d'Irène Némirovsky, même les Golder, les Daguerne, les Asfar, les Sinner, partis pour tordre le cou au destin, finissent terrassés par l'enfant qui, en eux, n'a cessé de réclamer ses parts. Ne sert-il donc à rien de défier son sort ? À Issy-l'Évêque, Irène Némirovsky se reproche assez de « grincer des dents » et de « mordre [ses] barreaux », et cette impatience, cette impuissance expliquent sans doute le mélange de rage et de désespoir qui caractérise Sert, Marcelle et Camille, les personnages de ses dernières nouvelles.

Lorsque le Statut des Juifs d'octobre 1940 l'immobilise, il y a longtemps qu'elle a vidé, dans plusieurs livres, la querelle qui l'opposait à sa mère. Mais son enfance est toujours cette « âme sans sépulture » qui gémit dans son œuvre depuis *L'Enfant génial* (1927). La vraie torture de Camille, ce ne sont pas les coups de son mari, mais les bons souvenirs ancrés dans sa mémoire, qui l'empêchent de maudire sa détresse. La narratrice des «Revenants», elle aussi, voudrait refouler le «temps aboli», «comme on empêche un chien de mordre sa patte blessée», mais elle ne dit pas autre chose : «Notre faible mémoire ne garde que la trace du bonheur, si profondément marquée parfois que l'on dirait une blessure.» Est-ce par hasard qu'Irène Némirovsky l'a baptisée Hélène? C'est le prénom qu'elle s'était choisi dans *Le Vin de solitude*, seul de ses livres qu'elle ait conçu pour son propre usage, comme l'indique sans ambiguïté une note manuscrite au revers du classeur de *Suite française*.

«Maintenant la paix elle-même me fuit, confesse Hélène. C'est l'heure des regrets.» L'ombre de la mémoire poursuit Irène Némirovsky comme le spectre poursuit Hamlet. Elle est alors tenaillée par la nostalgie; hélas, tout ce qui restait de son enfance russe, de son adolescence finlandaise, est devenu littérature. Dans «Les revenants», ce sont les paysages d'Issy-l'Évêque qui lui tiennent lieu, par défaut, de souvenirs chéris. «C'est le Monjeu d'autrefois qui me tient au cœur.» Vision presque fantastique de «prunes jaunes comme l'ambre», que l'on croyait enfouies sous la cendre des jours…

«Les revenants», dont la douce étrangeté n'est pas sans évoquer *Le Tour d'écrou* d'Henry James, illustre l'étonnante réussite d'Irène Némirovsky dans un genre — l'histoire de fantômes — où on ne l'imaginait pas. Mais si spectre il y a, ce n'est que la manifestation d'une autre épouvante : l'irréparable regret d'Hélène et le sentiment qu'elle a d'avoir été vaincue par la vie. Le recours au surnaturel, caractéristique de certaines nouvelles de 1940 («Les cartes», clin d'œil appuyé à *La Dame de pique* de Pouchkine) et 1942 («L'incendie»), semble traduire le désarroi, si ce n'est le désespoir d'Irène Némirovsky. «Peut-être, admet Hélène, est-ce le grand désir que nous avons de croire au surnaturel qui nous rend crédules et faibles.» *Contra spem spero* : espérer contre tout espoir. Était-ce le secret motif de sa conversion au catholicisme? Le manuscrit de *Suite française*, en tout cas, porte témoignage qu'elle n'invoquait plus seulement Dieu, mais Nostradamus.

Dans «Les vierges», Irène Némirovsky interroge une dernière fois la bizarrerie de la vie, ce «quelque chose» qui, hasard ou prédisposition, «a infléchi la destinée dans telle ou telle direction». Cette méditation parut le mercredi 15 juillet 1942 dans l'inoffensif — quoique maréchaliste — hebdomadaire *Présent*, sous le touchant et superstitieux pseudonyme de Denise Mérande, le prénom de sa fille et l'anagramme de son ami et éditeur E(s)ménard. Arrêtée le lundi, Irène Némirovsky venait de passer deux nuits à la gendarmerie de Toulon-sur-Arroux, à quinze kilomètres d'Issy-l'Évêque, et devait être conduite au camp d'internement de Pithiviers, dans le Loiret. Elle ne devait y rester que vingt-quatre heures, le temps de se voir inscrite au nombre des cent dix-neuf femmes qui, le 17 juillet à l'aube, furent expédiées au camp d'Auschwitz-Birkenau. Ces circonstances donnent d'étranges couleurs au récit de l'installation d'une mère et de sa fille, rejetées par la vie, dans un village de la «vraie campagne» française. «Regardez-moi, gémit Camille. Je suis seule comme vous à présent, mais non pas d'une solitude choisie, recherchée, mais de la pire solitude, humiliée, amère, celle de l'abandon, de la trahison.» Cette colère froide rappelle l'abattement des anciens Russes bannis par le bolchevisme, telle qu'elle le traduisait, en 1931, dans *Les Mouches d'automne*: «Regarde, nous sommes seuls, abandonnés comme des chiens...» Un exil a ouvert la vie française d'Irène Némirovsky, un exil la referme.

«Les vierges», toutefois, n'est pas un éloge de la reddition: «la vie ne peut que faire du mal, mutiler, salir, blesser», c'est entendu, mais une vie que rien n'a contrariée, une vie à l'abri des passions et des sinistres, des revers de fortune et des «mailles sautées», une vie recuite comme une soupe et non la «vie toute crue» au «goût de fruit sapide», une vie stérile, préservée de l'incertitude, n'est pas une vie. Trois Parques de village vont l'apprendre à leurs dépens. La grosse Blanche reconnaît volontiers, mais avec soulagement, que son destin était mal cousu: «Voyez, si ma chemise avait été faite d'un tissu plus solide, je restais veuve avec cinq enfants et sans fortune.» La maigre Marcelle, armée de ses «aiguilles d'acier», s'est tricoté une cotte contre l'amour et ses pièges. Et dire que la rencontre de Camille et de son mari n'a tenu qu'au «fil rose» que sa mère l'avait envoyée chercher à la mercerie! La tante Alberte, enfin, abasourdie d'apprendre qu'elle n'a pas vécu, en lâche son tricot de dépit: «Tu n'aurais jamais dû nous raconter tout ça, ma pauvre sœur.» Cette fable, Irène Némirovsky l'a pourtant racontée: il est vain d'esquiver le malheur; mieux vaut le regarder dans les yeux.

En avril 1942, elle avait demandé à sa fille de lui rapporter de Paris, entre autres objets personnels, une machine à coudre. «Maman n'a jamais cousu, raconte pourtant Denise Epstein. Sauf l'étoile jaune.» Le destin, parfois, exige de petites mains.

OLIVIER PHILIPPONNAT

Film parlé

Brouhaha confus et doux qui enfle et se rapproche rapidement comme une houle sur la mer. Il pleut. Les hautes maisons sont noyées d'ombre et de brouillard ; un phare d'auto énorme passe, troue la brume ; des trottoirs mouillés, le toit de l'Opéra brillent sous l'averse comme de sombres miroirs. C'est Paris, à la fin de mars, au crépuscule. Les lumières tournent si vite qu'on ne distingue rien qu'un torrent de flammes. Puis des mots, toujours les mêmes, surgissent, se rapprochent et grossissent démesurément ; ils tremblent à travers la pluie. Bar, Hôtel, Dancing. Au moment où s'apaisent les cris des klaxons, on aperçoit une rue noire, vide, mouillée. Des lettres brillent de haut en bas et s'éteignent. Willy's Bar. La porte tourne avec un vrombissement de ventilateur. La petite pièce profonde est ornée de glaces, meublée de divans de velours, de tables. Au milieu de la pièce, sur un tabouret, un nègre joue en sourdine. On entend le bruit de la pluie dès que s'ouvre et s'abat la porte et, tout le temps, le grincement léger du banjo ;

le nègre siffle à peine, les lèvres serrées, la tête penchée de côté, comme un oiseau attentif. Quatre heures battent. Derrière le bar, le patron lit son journal et sommeille. Sur les banquettes, des femmes sont assises; elles ont un air résigné, dolent, abruti. Les unes dorment à moitié, affalées, la cigarette à la bouche. Une grosse femme, la poitrine énorme, sanglée dans un costume tailleur de coupe masculine, faux col dur, le cigare aux lèvres, tricote avec application. Une petite femme, juchée sur un tabouret, suce un cocktail; elle porte un collier de perles qu'elle accroche des mains comme un jeune chien qui se prend maladroitement les pattes dans les franges d'un fauteuil. Une autre jeune femme joue au poker-dice avec le barman. Une encore, maigre, voûtée, tousse. Calme, silence. Aspect de pension de famille. Une naine avec un grand chapeau orné de fleurs, des cheveux qui déteignent, un tour de cou pelé, misérable, s'insinue. On entend: «Zut! la mère Sarah.» Elle s'assied entre deux très jeunes filles, pose son cabas sur la table, avance une figure de sorcière.

— Eh bien, ma petite, ce n'est pas gentil, ce n'est pas sérieux ce que tu fais là... Voilà un monsieur convenable, un monsieur riche, âgé, respectable, que je te trouve Dieu sait avec quelles difficultés, et tu le fais poireauter chez moi tout l'après-midi. De quoi ça a l'air, je te demande?...

La femme, très jeune, une figure grosse comme le poing, des yeux longs, humides et doux de brebis, murmure:

— Y me dégoûtait trop aussi…

— Moi, ma petite, ce que j'en ai fait, c'était pour t'obliger, n'est-ce pas? Si tu vois un autre moyen de me rendre ce que tu me dois…

— Eh, je vous le rendrai, votre argent…

— À la Saint-Glin-Glin? Tant pis, je parlerai à ton ami…

La femme frémit, baisse la tête, souffle:

— Non, non, je viendrai, je…

— C'est bon, tu feras ce que tu voudras. Est-ce que ça me regarde?

Une fille passe, jette:

— Eh, la mère Sarah! Ça vaut combien, ça? Tu veux l'acheter? Mais il me faut l'argent tout de suite.

— Tout de suite, tout de suite… Elles n'ont que ce mot-là à la bouche…

Elle saisit la bague tendue, souffle dessus, la fait briller, la contemple, le nez écrasé contre les pierres.

Éliane entre. Elle porte un manteau noir, un chapeau noir, sans ornements; elle tient un parapluie à la main. Elle a un air négligé, lassé, de mollesse, d'abandon, un parfum de lit défait. Elle roule entre ses mains son chapeau, le jette sur la table, puis fourrage dans ses courts cheveux blonds, s'assied, fait un signe au barman. Il agite le shaker.

— Ça va, madame Éliane?…

Elle répond «oui», d'un signe de tête. Elle a un beau collier de perles enroulé deux fois autour du cou. On la salue avec une sorte d'empressement, de déférence.

— Ça va toujours ? Ça va comme vous voulez, madame Éliane ?

Elle sourit d'un petit pli forcé des lèvres, appuie sa joue sur sa main, écoute le nègre. Cinq heures sonnent. Les courtisanes, toutes ensemble, se redressent, se poudrent. La grosse femme en tailleur cache vivement son tricot et met un monocle. Tous les yeux se tournent vers la porte avec une expression avide et angoissée. Mais seules entrent des femmes qui vont s'asseoir à leurs places accoutumées comme des vendeuses derrière leurs comptoirs. La naine se lève. Elle passe devant Éliane et s'arrête, comme fascinée par les perles entrevues. Elle s'avance à petits pas, se juche avec peine sur le tabouret en face d'Éliane, saisit les perles pendantes, les porte à sa bouche, en fait craquer une sous les dents. Autour d'elle, on rit. Éliane caresse son collier, les yeux mi-clos. La naine hoche la tête avec admiration.

— Quand tu voudras bazarder ça, pense à moi. Je connais quelqu'un qui l'achèterait…

Éliane arrache le collier d'un brusque mouvement, se détourne. La naine se lève, glisse à terre et sort. On la voit à travers la vitre qui rejoint une femme immobile, sous un bec de gaz allumé, une créature effrayante, aux yeux fixes, aux longues dents de cadavre. Elles s'enfoncent toutes les deux dans la pluie, dans la nuit. La petite qui jouait aux dés s'est approchée d'Éliane et regarde comme elle, ainsi que celle qui buvait en tripotant son collier de perles ; elles sont joue à joue. Éliane, fixement, les contemple, et, sous son regard, les deux visages, un instant, semblent se déformer, se flétrir, devenir des masques affamés de vieilles femmes misérables. Éliane saisit brusquement son collier, le serre. L'image disparaît. Elle boit et d'une main fait couler les perles sur la table, semble regarder à travers elles. Des traits d'homme apparaissent l'espace d'une seconde ; d'abord communs, quelconques, souriants, qui se tordent tout d'un coup, grimacent, sous l'effort du plaisir, se transforment en figures de cauchemar et de folie. L'une surtout, d'un vieil homme à barbe blanche, calme, vénérable, surgit plusieurs fois et toujours plus effrayante avec une bouche énorme et molle tendue dans un baiser. Elles s'évanouissent. Le collier coule comme un fleuve brillant, fait miroiter l'image d'une maison blanche, d'un grand jardin et d'Éliane elle-même, vieillie, avec une jupe noire qui balaie l'allée ; elle s'appuie au bras d'une jeune fille. L'avenir... Éliane sourit à son rêve. Un profil de jeune fille, pur et grave, est incliné sur un livre, avec une expression de bonheur et de paix. La musique nègre, de plus en plus forte et sauvage, est traversée brusquement de grands coups de cloche et d'orgue, lutte un instant, puis s'évanouit. On entend seulement les cloches, mais le son devient plus pauvre, plus mesquin ; c'est une église de province, après la messe.

Petite place morne, grise. Une auto passe en

trombe ; le bruit s'abat, grandit et disparaît ; la poussière soulevée retombe avec une extrême lenteur, et les oiseaux qui s'étaient dispersés en criant reviennent tranquillement et picorent. Des voix d'enfant. Un piano frappé par des mains malhabiles ; une vieille valse qui se brise en arrivant à un passage plus difficile et qu'on reprend patiemment, qui se brise de nouveau et ainsi sans fin. On devine que la femme joue tout au long d'interminables heures. M. le curé sort de l'église, traverse la place avec le frôlement léger d'un chat glissant sur les pierres. De vieilles filles en mante rentrent chez elles, les mains jointes, avec une expression fermée et confite de communiantes. Et à chaque porte qui s'ouvre et se referme sur la place, on entend le bruit du heurtoir, un son vibrant, grave, comme s'il s'abattait pour l'éternité.

Une femme en deuil, un peu bossue, et une jeune fille sont sorties les dernières. On les salue, mais de loin, avec une certaine réserve, en pinçant les lèvres, et, quand elles sont passées, un sillage de chuchotements légers semble s'ouvrir et retomber derrière elles. On les suit des yeux, on hoche la tête ; puis toutes se dispersent, et un chat traverse le parvis avec lenteur, en appuyant à peine les pattes sur les vieilles dalles. La place est déserte à perte de vue. À travers les volets à demi-clos, on entrevoit vaguement des tables servies, des visages d'enfant, des bonnes en coiffe qui servent le rôti, des hommes en bras de chemise, le coin de la serviette glissé dans le gilet, et le petit bruit dominical de vaisselle heurtée doucement se mêle à la valse interrompue, la souligne et l'accompagne.

La vieille femme et la petite sont entrées dans un petit magasin, moitié mercerie, moitié cabinet de lecture. Tintement grêle de la sonnette. Elles passent dans l'arrière-boutique. Au mur, une photo encadrée représente un gros homme à épaisse moustache noire qui offre le bras en l'arrondissant et en l'écartant du corps à une jeune mariée au sourire de poupée de bois. D'autres photographies. Une première communiante agenouillée sur un prie-Dieu, un jeune homme en tenue de soldat. Au-dessus de la table, il y a une suspension de porcelaine que la vieille allume ; le jet de gaz siffle brusquement, éclaire la fillette. Elle a seize ans ; elle porte un costume tailleur de forme ancienne avec une jaquette aux basques évasées, cintrée à la taille, une jupe à mi-mollet, d'épaisses bottines plates et un chapeau-cloche énorme orné de crêpe. Ses cheveux sont clairs, longs, plats, et, quand elle ôte son chapeau, on voit qu'ils sont noués à l'ancienne mode sur le sommet de la tête par un large ruban noir. Elle enlève avec soin ses gants de filoselle, les plie, les met dans un tiroir avec son paroissien. Elle est jolie. Un petit visage pâle et dur, des lèvres serrées, aux coins tombants. Comme elle semble rêver, la femme appelle : «Anne !» Elle sursaute, se dirige vers la cuisine, revient avec un plat ; elles se mettent à table. Elles se taisent ; on entend seulement le cliquetis des fourchettes. La sonnette tinte. De nouveau : «Anne !» Ce sont des clientes. Une dame très grosse et importante, en noir, des jeunes filles ; en apercevant Anne, la mère paraît mécontente et dit :

— Appelez votre tante, s'il vous plaît.

Les petites demoiselles ricanent et se poussent du coude. Mais déjà, de l'arrière-boutique, la tante a surgi et renvoie Anne. Lentement, Anne rentre. Mais à travers la porte vitrée, elle regarde avec une expression amère la dame qui parle bas à sa tante et leurs figures pincées et désolées. La cliente s'assied devant le comptoir et choisit des modèles de tricot. Pendant ce temps, un régiment traverse la place. Les jeunes filles avidement tendent le cou, mais sans oser faire un pas vers la fenêtre ouverte. Les soldats passent, et chacun fait un signe, lance un coup d'œil et un sourire aux petites demoiselles qui baissent les yeux, font la moue, des petites mines. Anne regarde. Enfin les clientes sont parties. La musique militaire s'éloigne et se perd.

— Anne.

Anne enlève les couverts et va laver la vaisselle.

La tante écrit une lettre. De nouveau, la petite sonnette tinte à la porte. Cette fois-ci, la tante se précipite. C'est une très vieille dame appuyée au bras d'un énorme laquais qui la soutient. Anne, tout en frottant les assiettes, regarde la lettre oubliée sur la table ; elle s'avance à petits pas, lit :

Ma chère sœur,
J'ai bien reçu la pension d'Anne. Mais je te serai reconnaissante de m'envoyer le mois prochain deux

cents francs en supplément. La chère petite désire une robe neuve. Il est naturel, à son âge, d'être coquette. De plus, elle sort beaucoup, car nous voyons la meilleure société de la ville et...

Dans le petit magasin, la vieille dame, lourdement, se soulève. Anne, d'une main tremblante, retourne l'enveloppe, lit : *Madame Éliane Bernard, 30, rue de Châteaudun, Paris.* Elle revient dans la cuisine. Comme la tante se rassied et reprend la lettre en lui tournant le dos, Anne lui tend le poing et grimace de haine. Un peu plus tard, elle est assise devant la fenêtre, la joue appuyée dans sa main. Elle regarde la place vide, le ciel vide. Doucement, elle se lève, gagne le magasin désert et, tâtonnant dans la demi-obscurité, laisse glisser ses doigts le long des livres, en tire un vivement et revient dans la chambre, se met à lire avec avidité et crainte. Le titre est écrit à l'encre sur la couverture en papier : *A. Dumas fils, La Dame aux camélias.* Tandis qu'elle lit, elle imagine des femmes élégantes et de beaux messieurs dans un parc. Il y a une table servie sous les arbres ; des bougies vacillent au vent. Elle entend bruire les feuilles et couler l'eau des fontaines. Puis les bouchons de champagne sautent et la mousse coule dans les verres ; des Tziganes jouent, et dans l'ombre, la lumière de la lune entre les branches fait miroiter le bois des violons. Anne laisse retomber le livre, regarde fixement la fenêtre, la place déserte. C'est le crépuscule, et la petite ville paraît plus resserrée encore et misérable. Quelque part un orgue de Barbarie répète le refrain des violons, puis se tait; on entend le bruit des gros sous qui tombent sur les pavés. Anne tord silencieusement les mains avec une expression d'ennui désespéré.

La nuit est vide et vaste; les nuages passent, semblent se déformer, montrent vaguement des silhouettes de grands bateaux, de trains, de femmes qui se penchent, de perles brillantes, puis d'une tête de femme échevelée, renversée.

Tandis qu'Anne lit, des pas derrière elle grincent sur les lames nues du parquet. Debout d'un bond, elle fait un mouvement maladroit et peureux pour cacher le livre, mais il tombe. La tante se précipite, le ramasse, s'exclame d'une voix sifflante:

— *La Dame aux camélias !* Petite vicieuse ! Mais ça ne m'étonne pas ! Ta mère n'est qu'une gourgandine ! Tu finiras comme elle !

Brusquement, Anne se jette en avant, les poings tendus. Sa tante la maîtrise, la rattrape par le bras. Elles se tiennent l'une en face de l'autre, se regardent dans les yeux avec une expression de haine. Anne crie:

— Je vous déteste ! Je vous déteste ! Vous êtes jalouse de maman parce que vous êtes laide, vieille, bossue. Elle est jolie, elle, les hommes l'aiment... Jamais un homme ne vous a embrassée, vous, vieille fille, laide, méchante !...

Le claquement sec d'un soufflet.

— Oh ! Petit serpent ! Va donc la retrouver, cette créature.

Elle pousse furieusement hors de la pièce Anne qui crie d'une voix de petite fille vibrante, aiguë :

— Je vous déteste, je vous déteste.

Un bruit de portes fermées violemment, de clef tournée dans la serrure. Le silence. L'orgue de Barbarie dans la cour recommence à jouer. Dans la chambre d'Anne, il fait complètement nuit. Elle se serre dans l'angle que forment le mur et la fenêtre, comme une enfant oubliée sous la pluie, sous une porte. Très loin, dans le silence absolu, on entend le sifflement pur et perçant d'un train qui passe. Puis c'est une petite gare de province. Le bruit d'une charrette poussée par l'homme d'équipe, le grondement des malles qu'on décharge. Une petite ombre — Anne — passe et repasse. Elle s'éloigne et sort de l'auvent. La lumière terne et pauvre d'un bec de gaz éclaire sa robe et ses cheveux. Le vent fait claquer son manteau ; elle revient, regarde l'heure avec anxiété. Enfin, le petit grelottement de la sonnette. Le bruit du train. Un fracas de fer battu. Le train apparaît, s'arrête, attend une seconde en soufflant du feu et de la fumée. Anne se hâte, grimpe dans un compartiment de troisième classe. Les portières s'abattent. Le train repart. Les rails brillants luisent faiblement dans la nuit. Anne regarde avidement le reflet pourpre sur le ciel du côté de Paris ; un zigzag fulgurant : la tour Eiffel illuminée, puis le sifflement de la chaudière, jaillissant d'abord en jets de flammes, devient doux comme le bruit de l'eau qui bout sur le feu.

Devant la maison d'Éliane, sur le pas de la porte, la concierge renseigne Anne immobile.

— À cette heure-ci, elle n'est jamais là, elle est au Willy's Bar, 18, rue du Port-Mahon. Je ne peux pas vous laisser entrer. Je n'ai pas d'ordres.

Elle rentre chez elle, ferme brusquement la porte de sa loge. Anne hésite un instant; elle semble très lasse; elle ôte son chapeau trop lourd et qui l'accable. Mais d'un coin d'ombre, la silhouette d'un agent s'est détachée. Anne prend peur, fait un mouvement de bête poursuivie, se remet à marcher péniblement le long du mur. On la voit s'éloigner dans la rue vide et se perdre. Le refrain du jazz reprend, lointain d'abord, assourdi, puis sauvage et strident. Une épaisse fumée s'envole lentement. C'est le bar de nouveau. Mais il est près de sept heures et la petite salle est comble. Des hommes grimpés autour du comptoir sur les hauts tabourets boivent et s'interpellent à voix haute. Rires. Cris de femme. Tous parlent et rient en même temps. On ne distingue pas les paroles, mais un vacarme confus, mêlé du bruit des shakers, des poker-dice tombant dans les plateaux, de la musique nègre. Des hommes ivres battent la mesure avec leurs cannes sur le comptoir. Les filles se bousculent sur les banquettes. La jeune femme au collier de perles, à moitié couchée en avant sur une table, son menton dans ses mains, interpelle de loin un gros homme à la fraîche figure d'Américain, qui rit, fait tourner son chapeau au bout de sa canne, montre ses dents énormes, carrées, pleines d'or. Éliane est serrée dans les bras d'un Argentin; il semble fait tout entier de cuir foncé; il lui dévore la nuque de baisers, et, d'abord ainsi, à demi écrasée par les lourdes mains, ses cheveux d'or défaits, elle semble pâmée de volupté; puis les bras de l'homme descendent, légèrement, et on aperçoit le visage d'Éliane; une petite grimace d'impatience tord ses lèvres; une mèche de ses cheveux s'est enroulée autour du bouton de manchette de l'Argentin; Éliane s'efforce de la dénouer doucement; ses mains tremblent d'énervement, et son visage, un instant, prend une expression de colère et de souffrance. Mais elle aperçoit la grosse perle luisante de la manchette et, immédiatement, elle lève la tête, tend sa bouche à l'étranger. Le nègre chante. Personne ne l'écoute. Dans un coin, accoudé au bar, un garçon de vingt ans, assez mal vêtu, avec une figure imberbe et pâle, fume en lisant un journal de courses. Il parcourt du regard la feuille, puis marque au crayon deux ou trois noms de chevaux; enfin il hésite, se penche, fait signe au barman par-dessus le comptoir et lui désigne le journal. Ils parlent tous les deux à voix basse. Derrière eux, la porte s'ouvre avec lenteur, comme poussée par une main hésitante.

Le jeune homme et le barman se retournent et regardent la porte entrouverte avec la même expression d'impatience. Enfin Anne paraît. Comme un coup en pleine figure, la fumée, les rires et les chansons s'abattent sur elle; elle a un mouvement affolé, les coins de sa bouche tremblent et s'abaissent, lui donnant un instant le visage pitoyable d'une enfant qui va éclater en pleurs. Puis elle semble se raidir, se ramasser tout entière; elle avance d'un pas; le barman jette:

— Vous désirez, mademoiselle?

— Madame Bernard, s'il vous plaît.

Le barman fait la moue.

— Quoi? Nous ne connaissons pas ça ici. Vous devez vous tromper.

Il fait un mouvement pour refermer la porte derrière Anne, mais elle répète:

— On m'a dit qu'elle était toujours ici, à cette heure-ci, au Willy's Bar. C'est bien le Willy's Bar?

— Mais oui, mais quel nom dites-vous?

— Madame Bernard. Madame Éliane Bernard.

Le barman hésite, répond d'une voix différente:

— Ah, oui, je vois... Attendez un peu...

Anne reste debout immobile, baissant la tête. Mais, comme malgré elle, ses yeux suivent le barman qui se fraye avec peine un passage à travers les groupes et s'approche d'Éliane. Quand il se penche vers Éliane, Anne fait un brusque mouvement et enfonce ses dents dans ses lèvres; elle voit la tête blonde, ébouriffée d'Éliane qui se soulève péniblement; leurs yeux se rencontrent; elles restent un long moment immobiles, se regardant fixement à travers la fumée, par-dessus les figures ivres et stupides. Enfin Éliane se dresse, s'arrache des bras de l'Argentin, s'avance. Maintenant elles sont face à face, mais elles continuent à se dévisager sans parler, avec une honte et une sorte de crainte croissantes. Enfin Éliane murmure :

— C'est moi que vous demandez ?

Anne lève la tête.

— Oui, madame.

Elle achève avec effort :

— Je suis Anne. Anne Bernard, votre fille.

Éliane fait un mouvement violent, comme si un coup l'atteignait en pleine figure. Elle balbutie :

— Pourquoi es-tu ici ?

— Je me suis échappée, jette brusquement Anne avec une expression de défi et de haine.

Éliane la saisit par la main, veut l'entraîner.

— Allons-nous-en, je t'en supplie, ne restons pas ici…

Mais Anne résiste, murmure :

— Je vous en prie… est-ce que je ne pourrai pas m'asseoir un petit moment ? Je suis si fatiguée… Je n'avais plus assez d'argent pour prendre une voiture. J'ai marché tout le temps.

À côté du bar, il y a une petite porte, à demi dissimulée par une tenture. Éliane écarte rapidement le rideau, pousse Anne devant elle. Elles se trouvent dans une pièce vide, sombre, ornée de glaces et de divans. Seules deux ampoules électriques brillent faiblement de chaque côté du miroir pendu au mur. Elles s'asseyent. Éliane, à la dérobée, regarde avidement le visage de sa fille. Mais Anne détourne les yeux, se tait. On entend dans la chambre voisine la musique nègre de plus en plus bruyante et machinale. Puis une querelle éclate, des rires hystériques, enfin le bruit des couteaux, frappés en cadence sur les tables, sur l'air des lampions. É-lia-ne!... É-lia-ne!... Tout à coup le silence. Sans doute le barman les a-t-il fait taire. Le nègre, comme une mécanique aveugle, dévide sa musique américaine. Éliane enfin murmure :

— Oh, Anne, qu'est-ce que tu as fait ?

Anne baisse davantage la tête ; on ne voit pas sa figure. On voit seulement ses mains qui jouent nerveusement avec les couteaux à dessert jetés sur la table. Des mains de fillette, d'écolière, abîmées par les travaux de ménage, l'index piqué de coups d'aiguille et les ongles coupés ras. Éliane, comme malgré elle, les contemple, et elle-même tord silencieusement, d'un geste identique, ses doigts minces, blancs, que l'oisiveté et les soins parent d'une sorte d'aristocratique langueur. Elle répète :

— Anne, mon Dieu, pourquoi as-tu fait ça ?

Enfin Anne répond :

— J'étais trop malheureuse.

Elle a levé la tête et elle regarde Éliane avec une expression froide et dure qui la vieillit brusquement. Éliane murmure :

— Mais je faisais tout ce que je pouvais. Ta tante disait que tu étais heureuse.

— Elle mentait. Elle volait votre argent. Moi, elle me faisait travailler comme une domestique. Oh... ça m'est égal... je ne suis pas paresseuse... Mais c'était injuste. Je ne retournerai pas chez elle. Jamais. Je veux rester avec vous. Vous êtes ma mère. On n'a pas le droit d'avoir des enfants pour faire leur malheur.

Éliane cache sa figure dans ses mains. Enfin elle dit à voix basse :

— Non, non, je ne peux pas te garder... Tu ne sais donc pas?...

— Si, si, je sais, ça m'est égal...

Éliane a un mouvement de stupeur.

— Tu sais?...

— Oh, depuis longtemps... Elle me le disait sans cesse pour me faire mal... Mais ça m'est égal... Moi aussi, je veux...

Éliane l'interrompt.

— Ça, jamais.

— Si. Je veux être comme vous. Belle, heureuse, aimée...

Elle répète doucement, ardemment :

— Aimée...

Éliane hausse tristement les épaules.

— Ah, ma pauvre fille...

Un silence. À côté, les cris, les rires deviennent plus bruyants, grinçants et faux. Éliane tressaille, se lève, commande à voix basse :

— Viens.

Elles sortent toutes les deux par une porte dérobée qui donne sur la rue. Un taxi passe et s'arrête. L'image de la pièce s'efface. Seules les ampoules électriques allumées de chaque côté du miroir brillent un moment et la glace semble se creuser et se remplir d'ombre. Puis elle grandit, change de forme, apparaît au pied du lit, dans la chambre d'Éliane. Un lit immense surmonté d'un dais de velours, avec des amours en bronze qui tiennent à la main des flambeaux et des cornes d'abondance renversées. Désordre, poussière. Quelques photographies d'homme, fixées dans la rainure de la cheminée. Assise sur le bord du lit, Anne tient une assiette sur ses genoux et mord avidement dans un morceau de pain et de galantine. Tandis qu'elle mange, Éliane est debout, adossée à la coiffeuse. Elle observe sa fille presque durement. Anne, rassasiée, repose l'assiette et sourit avec un peu de gêne. Éliane s'approche, s'assied sur le lit, met doucement sa main sur le front d'Anne, la caresse avec une sorte de timidité, lisse en arrière les cheveux. Enfin, avec une expression d'agitation et de souffrance, elle murmure :

— Anne.
— Oui, madame.
— Il faut m'appeler maman.

Anne se tait.

Éliane continue, presque suppliante.

— Tu as parlé comme une enfant tout à l'heure.

Anne secoue doucement la tête.

— Écoute, nous allons partir toutes les deux. Nous irons où tu voudras. Dans une ville calme, tranquille, où personne ne nous connaîtra. Je vendrai mes perles. C'est toute ma fortune. C'est pour cela que j'amassais, pour vivre heureuses et tranquilles toutes les deux plus tard.

Anne se tait. De nouveau, Éliane appelle :

— Anne, ma chérie ?... Tu veux bien, n'est-ce pas ?

Elle répète avec supplication, avec désespoir.

— Une bonne petite vie, bien calme, bien tranquille... n'est-ce pas, ma chérie ?

Anne a un mouvement de recul. Elle dit d'une voix basse et nette :

— Non.

— Mais pourquoi ? pourquoi ?

— Je suis saturée de calme et de tranquillité. C'est vivre que je veux. Vivre.

Éliane hausse tristement les épaules. Elle veut parler, mais elle regarde Anne et elle fait un geste las de la main. Anne appuie sa tête contre le coussin et ferme les yeux. Doucement, Éliane s'approche d'elle et écarte les cheveux défaits qui tombent sur les paupières ; de très près, elle regarde avec une sorte d'émerveillement la peau, les yeux d'Anne. Enfin, elle soupire, se lève, ouvre le tiroir de la commode, prend une chemise de nuit, revient vers Anne, l'aide à se déshabiller, tout cela en silence. Anne est à moitié endormie. Quand elle laisse tomber son visage sur l'oreiller, elle a un sourire d'enfant confiant, et immédiatement elle s'endort. Éliane reste assise, affaissée, la tête dans ses mains et songe ; un peu plus tard, on entend le bruit assourdi d'un gramophone qui tourne dans l'appartement voisin ; on devine la maison peuplée de garçonnières, de meublés. Anne se réveille en sursaut, puis se rendort, du même sommeil profond et souriant. À côté d'elle, Éliane est couchée, les yeux grands ouverts et la figure ravagée, trempée de larmes.

Près de midi. La chambre est encore sombre. Mais au plafond on voit les lames d'or des volets; une lettre est posée sur la coiffeuse, entre deux pots de fard. Anne la lit, avec une expression joyeuse.

Je ne rentrerai pas à la maison. Tu trouveras de l'argent dans le tiroir de la table de nuit. Va au restaurant ou commande quelque chose à Germaine. — P.-S. Pour sortir, prends une de mes robes. Elles t'iront bien. Nous sommes de la même taille.

Sur le seuil, Germaine se polit les ongles. C'est une petite bonne dépeignée avec une figure peinte, des pantoufles trouées; elle sourit aimablement. Anne demande:

— C'est vous qui faites la cuisine?
— Oui, m'dame. Il y a une boîte de sardines et un reste de jambon. Ça va comme ça?
— Oui, très bien.
— Vous vous habillez, m'dame?

Elle ouvre un placard.

— Je vais vous préparer un bain.

Elle veut suivre Anne dans la salle de bains. Anne la regarde d'un air gêné et un peu sauvage, puis dit:

— Laissez-moi, je n'ai besoin de rien.

Germaine sourit.

— Oh! bien, m'dame.

La porte de la salle de bains est fermée à clef; Germaine rit silencieusement et commence à refaire le lit, sans changer les draps ni le sommier de place, mais en quelques coups de poing qui tassent les oreillers et les couvertures. Elle chante. Elle a une voix perçante, jeune, mais déjà enrouée, brûlée.

Paris. De nouveau, le bruit, le brouhaha, mais joyeux, tumultueux; un beau jour de mars, la brusque chaleur d'un bref printemps. À cette musique ardente, allègre, éternelle, qui flotte dans l'air de la ville, se mêle une petite mélodie lointaine, à peine perceptible, faite d'un millier d'airs populaires, à peine fredonnés, comme sifflotés moqueusement, abandonnés, puis repris. Rue de la Paix. On voit les grands magasins, avec leurs enseignes fameuses; on entend les bribes de conversation des gens qui passent et s'arrêtent aux devantures.

— *Don't you think it's nice?...*
— *Wie schön...*
— *Yo quero...*
— *Como me gusta...*

Anne passe. Elle est gentiment et simplement vêtue. Elle porte le chapeau, les souliers de sa mère, un de ses manteaux. Devant chaque glace de magasin, elle s'arrête une seconde, se regarde avec une expression de surprise joyeuse, puis recommence à flâner. Elle dévore des yeux les bijoux, les robes, la ville entière. Mais quand les hommes, en passant, la dévisagent, elle a un petit mouvement à peine indiqué de timidité, un sauvage et naïf recul. Les boulevards. Elle les remonte ; elle passe devant les cafés pleins de monde ; elle les regarde aussi avec une curiosité amusée, puis va toujours plus loin. La nuit commence à tomber, et Paris, brusquement, s'allume et miroite. Les enseignes lumineuses tournent, dansent. Un bruit de haut-parleur à la porte des cinémas, devant *Le Matin.* La foule est plus brutale, moins pressée, lasse. Anne avance lentement, avec une sorte de gaucherie ; elle est poussée, heurtée. Des figures apparaissent l'éclair d'un instant et se perdent ; des visages d'hommes et de femmes, sans pensée ni désir, tristes, usés, puis d'autres, plus méchants et effrayants. Un homme, avec une carrure et des mains rouges de boucher, un diamant faux, énorme, à la cravate, et les cheveux gras, lustrés, sous le melon rejeté en arrière, a aperçu Anne, et il fait un mouvement vers elle, rompant le flux régulier de la foule. Anne a un tressaillement et fonce, tête baissée, droit devant elle. L'homme hausse les épaules et disparaît. Mais Anne va toujours ; elle court ; elle bouscule des femmes affairées qui la repoussent avec mauvaise humeur. À présent, elle a franchi la zone populeuse des boulevards. Il fait complètement nuit. Elle va plus lentement. Elle trébuche un peu sur ses hauts talons ; elle est lasse. Devant elle, une fille en grand chapeau rouge va et vient, cherche un client dans l'ombre. Comme elle passe devant Anne, on voit la forme de sa bouche fardée à l'excès, et ses yeux de bête battue. Elle semble regarder à travers Anne, sans la voir. Enfin quelqu'un apparaît.

La fille s'avance, chuchote à voix basse ; l'homme la repousse de sa canne, avec une expression de dégoût comme s'il renvoyait un chien. Elle crie de loin une injure incompréhensible d'une voix enrouée, brûlée, éclate de rire et recommence à marcher en se déhanchant avec une sorte de canaillerie artificielle, de fausse et froide impudeur.

Rue de Châteaudun, Anne rentre ; elle ne regarde plus rien. Elle a un visage dur et troublé. Mais, d'une rue en pente, précédées d'une sœur en cornette, descendent les élèves d'un orphelinat. Les petites filles sont vêtues, comme Anne la veille, avec d'énormes chapeaux noirs juchés sur le haut de leur tête et de grosses bottines. Anne s'arrête ; les plus petites, avec leur piétinement de troupeau, suivent la sœur sans se retourner. Les grandes vont deux par deux. Elles dévisagent avidement Anne. Et Anne, avec une expression d'orgueil et de plaisir, se laisse contempler et sourit. La sœur s'est arrêtée ; elle frappe dans ses mains, fait hâter le pas aux fillettes, pince les lèvres en passant devant Anne. Anne, silencieusement, un peu méchamment, rit. Tandis que le pensionnat s'éloigne, elle rentre ; on entend le bruit de la porte cochère qui retombe, un pas vif dans l'escalier, le bonjour de la concierge et la voix claire d'Anne :

— Bonjour, madame, quel beau temps…

Au bar, Éliane, Célia, la vieille femme au monocle et Ada, la fille poitrinaire, sont assises sur les hauts tabourets, boivent, fument et discutent. Les lampes sont allumées comme à l'ordinaire, mais le soleil brille sur le seuil. Le patron dit :

— Tu as tort, Éliane, c'est une occasion comme jamais. C'est un Argentin riche à millions, jeune et beau avec ça. Je me demande ce qu'il lui faut encore à ta princesse.

Éliane hausse les épaules ; elle semble triste et vieillie. Célia, de sa voix de basse, renchérit :

— Il a été quinze jours avec Nonoche ; elle pleurait comme une Madeleine quand il est parti. Jeune, généreux et tout...

— Oui, dit Ada, et les hommes sont si rares.

Éliane éclate :

— La folle, la sotte !... Jolie comme elle est et fine, et distinguée, elle pourrait se marier, être heureuse, vivre tranquille... Mais qu'est-ce qu'elle a dans la peau, je me demande ?... Moi, à son âge, je crevais de faim... Alors, il a bien fallu...

Ada, entre deux quintes de toux, murmure :

— Moi aussi...

— C'est ta faute, dit Célia avec son gros rire d'homme, tu la fourres dans ce trou perdu de province, où tout le monde lui fait la tête parce qu'on sait que sa mère fait la noce à Paris... Elle en a assez, cette petite, ça se comprend...

Éliane écrase nerveusement ses larmes au coin des paupières.

— J'ai cru bien faire...

Célia frappe du plat de la main sur la table et appelle le barman, d'une voix rude et cordiale :

— Du feu, Édouard…

Elle allume un cigare, souffle un jet de fumée, tousse pour s'éclaircir la voix, achève :

— Il n'y a rien à faire contre le sort. Le mariage, pour elle, c'est des blagues. Tu te vois à l'église ?

Le patron se lève, va chercher une bouteille de champagne. Il remplit le verre d'Éliane ; elle boit machinalement, il dit :

— Tant qu'à faire, il vaut mieux commencer jeune…

Plus tard. Aspect de fête au bar. On vient de dîner. Les tables sont couvertes de vaisselle salie, de verres bousculés, de fleurs fanées, les bouts de cigarette traînent à terre ; à la place d'honneur, parmi les filles ivres, parées, Anne est assise, silencieuse, mais visiblement troublée et grisée ; elle serre la bouche, ses narines, ses paupières battent. À côté d'elle, un Argentin assez jeune, très beau, avec ses cheveux bleus et ses larges yeux humides lui baise les mains, laisse glisser son front sur les doigts minces, enfantins, qui frémissent et semblent se rétracter comme des fleurs. Elle le regarde ; elle a une expression étonnée, naïve, orgueilleuse. Rires, cris, bruit du jazz. Lorsque s'ouvre la porte, on entend le bruit des mains qui battent, des hurlements et des coups de sifflet sauvages. Le garçon qui lisait un journal de courses, le jour où Anne est entrée pour la première fois au Willy's Bar, apparaît, accueilli par une tempête de cris ivres. Le patron appelle en riant :

— Hep, Luc ! Ça va, mon vieux ?

Il répond : « Ça va » en souriant.

Une petite courtisane passe, les cheveux défaits autour de son visage en sueur, et riant trop fort. Elle crie, et tout le monde reprend sur l'air des lampions :

— La Nouba ! La Nouba !

Un tumulte de voix, de rires, de visages, de bouches qui remuent dans un mouvement de paroles et de baisers. Ils se lèvent, gagnent la porte, la rue, envahissent les autos. En passant, l'Argentin suivi d'Anne frappe sur l'épaule de Luc.

— Eh, vieux, tu viens ?

Luc secoue la tête.

— Impossible, je suis fauché, mon vieux…

L'Argentin :

— Qu'est-ce que ça fait ? C'est moi qui paie.

Encore des rires de femmes grises et un tourbillon indistinct d'appels et de chansons. Les autos partent ; les voix jeunes et cassées des filles chantent, et les refrains de Montmartre sont repris par les hommes, avec des accents étrangers : espagnol, américain, roumain : ils sont tous ivres, empilés sur les genoux les uns des autres ; Anne met sa joue contre la vitre avec un geste instinctif de recul et de défense ; dans la même voiture, un peu plus loin, Luc bâille. Il suit des yeux, avec une sorte de nonchalante curiosité, la mêlée obscure des corps énervés dans l'ombre. Le jet de lumière d'un bec de gaz éclaire brusquement une longue jambe de femme découverte jusqu'au genou ; elle se balance avec un mouvement doux et rythmé ;

Luc lève la tête, voit le visage d'Anne ; tandis que la voiture roule plus loin, avec son chargement d'ivrognes et de filles, ils se regardent, puis Anne baisse les paupières, et Luc se détourne. Des cris indistincts ; des lumières passent ; l'ombre épaisse, puis, de nouveau, avec une sorte de pitié, d'étonnement, de sympathie, Anne et Luc se regardent.

Vision brève de cabarets de nuit à cette heure du fin matin où tout le monde est ivre. Un vieil homme, une sorte de solennel notaire de province avec un habit noir aux basques immenses, danse sur la table, coiffé d'un bonnet de papier rose. Une grosse Américaine agite des bras de bouchère, énormes, couverts de poudre qui colle par plaques, et lance des boulettes de coton dans le cou des danseurs ; une autre roule sa tête avec une expression langoureuse sur l'épaule d'un homme à demi endormi, mélancolique, à barbiche rare et grise, en vêtements de deuil. Ailleurs, deux femmes tentent en vain d'aguicher une tablée d'hommes à lunettes, aux figures brutales et maussades. Ce sont deux créatures d'un âge indéterminé, déguisées en petites filles ; l'une a des cheveux blonds, peignés en boucles et retenus par un grand nœud, et un nez énorme, bourgeonnant, comme ceux des cochers de fiacre des anciennes revues, et l'autre tire avec affectation ses chaussettes sur ses mollets gras et mous, dont la chair oscille légèrement. Les serpentins, les boules de coton volent et forment sur la piste du dancing un tas poussiéreux de papier déchiré, de trompettes en carton écrasées, de poupées d'étoffe que les danseurs repoussent à coups de talon indifférents. Musique de jazz; dans une sorte de froide frénésie, le bruit, le charivari des crécelles, se mêlent des claquettes de bois, et le grelot de petits tambours de cotillon.

Il ne reste plus qu'Anne, Luc et l'Argentin. Anne se laisse caresser les mains, baiser le visage; elle boit sans s'arrêter. À mesure que la nuit avance, le visage d'Anne semble plus vieux, épuisé, amer; les yeux seuls gardent une espèce d'innocence. Luc, sombre et silencieux, regarde l'Argentin sortir de son portefeuille des billets en paquets froissés; il les brandit, crie:

— Qui en veut? Il y en a pour tout le monde!... Vive Paris!...

Et il en jette aux garçons, aux grooms, au violoniste, qui maintient un instant son instrument sous le menton et de la main restée libre ramasse l'argent sur le tapis, puis se relève, recommence à jouer, incliné vers une grosse femme, violemment fardée, comme s'il lui versait dans l'oreille une huile précieuse.

C'est le matin. La rue. Une femme offre des violettes, répète avec indifférence:

— Fleurissez-vous, les amoureux...

Ils demeurent tous les trois debout sur le seuil tandis que la voiture s'avance. Anne, les bras chargés de poupées, grelotte sous un mince manteau. L'Argentin semble dégrisé; il regarde Anne à la dérobée. L'auto s'arrête devant la porte. Il pousse Anne à l'intérieur, monte derrière elle et ferme brusquement la portière; elle claque presque sur les mains de Luc. Il y a une espèce de courte lutte silencieuse entre les deux hommes qui s'efforcent cependant de sourire. Luc monte. L'Argentin jure tout bas:

— *Hijo de puta.*

La voiture part. Immédiatement, l'Argentin se jette sur Anne; de ses faibles poings crispés, elle tente en vain d'arracher l'homme qui pèse sur elle et l'écrase. Un bruit d'étoffes déchirées, un gémissement:

— Vous me faites mal... laissez-moi...

Luc, les dents serrées, brusquement, bondit.

— Laisse-la, espèce de brute!

— Non, mais?... De quoi te mêles-tu?...

Luc assène des coups furieux sur la vitre.

— Arrêtez! Arrêtez! Nom de Dieu!...

Enfin la portière s'ouvre, il saute à terre en entraînant Anne. Ils sont seuls dans la rue vide. Anne fait quelques pas, puis tombe sur un banc, cache sa figure dans ses mains. Luc, debout, la regarde. Silence. On entend des coups de klaxon très loin, les premiers tramways qui passent, le pas d'un agent dans la rue voisine. Le soleil est levé; les trottoirs et les maisons sont roses. Luc dit:

— Venez, je vais vous reconduire.

Ils commencent à marcher très lentement. Des concierges lavent les portes, les petites voitures des laitiers passent; on entend le bruit léger de leurs boîtes entrechoquées et le claquement vif des talons d'Anne qui sonnent sur le trottoir. Anne sourit, respire le vent. Luc dit:

— C'est bon, n'est-ce pas ?
— Oui.
— Quel âge avez-vous ?
— Dix-sept ans.
— Qu'est-ce que vous venez faire là-dedans, mon Dieu ?
— Et vous ?

Il rit.

— Moi, je suis vieux.

Ils se regardent. Il dit d'une voix différente :

— Moi, je suis un homme, et je n'ai pas le sou. Alors, là-dedans, je peux à peu près gagner ma vie, je bricole, je vends des voitures, je fais toutes sortes de petits métiers, de petites saletés, par-ci, par-là... Alors je gagne quelques billets, je les perds aux courses, et le mois suivant ça recommence...

— Vous n'avez pas de famille ?
— Non. Personne, heureusement.

Il prend le bras d'Anne pour l'aider à marcher.

— Vous êtes bien la fille d'Éliane ?

Elle incline la tête sans parler, les sourcils froncés. Il hésite.

— Je crois... je crois que c'est une bonne fille... Comment vous laisse-t-elle là-dedans, vous, une gosse ?

— C'est moi qui l'ai voulu. J'étais en province chez ma tante. Je me suis enfuie. Mais je... je m'imaginais...

Elle se tait. Il dit doucement :

— Autre chose, hein ? Pauvre petite...

Film parlé

Elle semble lasse; elle marche plus lentement, plus lourdement, en s'appuyant à son bras. Un taxi passe.

— Vous êtes fatiguée?

Elle fait signe que oui. Il siffle: «Hep!» L'auto s'arrête. Ils montent. Anne, à demi endormie, laisse tomber sa tête sur l'épaule de Luc, ferme les yeux. Doucement, involontairement, il avance les lèvres, puis hésite, respire sans la baiser la joue d'Anne, touche du bout des doigts avec précaution, comme une fleur, les paupières, les cheveux, la chair d'Anne. Devant la maison, il l'aide à descendre, lui prend la main. Avec une sorte de coquetterie naïve, elle lisse et arrange ses cheveux défaits; il la regarde, dit brusquement:

— Allons, adieu.

Il lui serre la main. Elle murmure:

— Merci, monsieur.

— Oui. Mais j'ai fait une sottise. Demain, vous penserez: quel maladroit!

Elle a un brusque mouvement de recul. Il la retient par la main.

— Ne vous fâchez pas. On se reverra?
— Si vous voulez.
— Je veux. Mais c'est aussi une sottise probablement... Quand? Demain? Je peux venir vous chercher demain? Vous n'avez pas encore donné de rendez-vous à l'autre? Non? Alors, demain cinq heures?

Anne murmure: «Oui», et s'enfuit. Il revient vers

le taxi, regarde le compteur avec une grimace, puis hausse les épaules, paie et s'en va.

L'appartement d'Éliane. La clef tourne doucement dans la serrure ; la porte est refermée sans bruit, avec une sorte d'instinctive précaution ; Anne s'arrête devant la chambre vide d'Éliane, écoute un instant, soupire et s'éloigne.

Maxim's. Quelques hommes regardent en riant deux femmes qui se querellent, Éliane et une rousse au visage dur et fardé. Éliane, brusquement, saisit un verre de vin sur la table ; le maître d'hôtel se précipite, lui arrête le bras ; la femme rousse crie, avec des notes hystériques dans la voix ; on l'emmène. Éliane reste seule. La tenancière du lavabo, une petite femme en noir, avec un visage doux et paisible, une perruque à boucles, s'avance doucement, la prend par les épaules.

— Allons, allons, madame Éliane, il faut être raisonnable, qu'est-ce qui vous prend, voyons ?

Éliane, effondrée, le visage dans ses mains, sanglote ; elle l'aide à se soulever.

— Venez avec moi, je vais vous donner un peu d'eau. Si c'est Dieu permis de se mettre dans des états pareils pour une traînée comme ça... Mais qu'est-ce qu'elle vous a fait ?

— Ah, est-ce que je sais ?

— Mais qu'est-ce que vous avez donc, ce soir ?

Elles sont assises derrière le paravent qui sépare le lavabo de la cuisine ; les garçons passent avec des bouteilles de champagne. Des voix indifférentes crient : « Vestiaire n° 7. » Éliane repousse avec impatience le verre qu'on lui tend.

— Non, non, laisse-moi, je n'ai besoin de rien.

Ses larmes coulent sans qu'elle les essuie. De temps en temps, elle secoue la tête avec une expression de souffrance et de colère.

— Vous étiez bien sérieuse jusqu'à présent, pourtant ?... Dire que je vous donnais toujours en exemple !... Madame Éliane, en voilà une qui sait mener sa barque... et puis, v'lan ! comme les autres !... Hein ? Je ne me trompe pas ?... Vous pouvez me le dire, allez... J'en ai connu... Ah, ma pauvre petite... Un béguin ? Allons, allons, tout ça passe...

Éliane murmure d'une voix torturée :

— Tais-toi, je t'en supplie... Écoute. Tu n'as pas un peu de...

Elle fait le mouvement d'aspirer de la cocaïne sur sa main étendue.

— C'est ça qu'il me faudrait...

— Oh ! madame Éliane, il ne reste pas ça, vous entendez ?...

Elle fait claquer son ongle sur ses dents.

— On a arrêté Ibrahim hier. Je pourrai vous en avoir pour demain soir.

— Ah ! c'est maintenant qu'il m'en faudrait, maintenant, je suis si malheureuse, si tu savais...

— Mais quoi ? Mais qu'est-ce qu'il y a ? Des fois, on a des mots, et puis on se raccommode... Quand on s'aime bien... Je parie que c'est une jeunesse... Hein ?...

Éliane secoue la tête.

— Oh, vous pouvez bien le dire, allez... c'est une jeunesse?...

Éliane répète à voix basse :

— Oui... c'est une jeunesse...

Le lendemain. Le lac du bois de Boulogne. Un dimanche. Une belle journée de printemps, chaude et ensoleillée. Le frémissement des feuilles. Le bruit des rames qui frappent l'eau. Les cris des oiseaux. Les cygnes plongent le cou et ramassent des croûtons de pain. Des embarcations chargées de femmes, d'enfants, passent. Les hommes ont enlevé leurs vestes, et on voit de bonnes figures heureuses, en sueur. On entend : « Ne te penche donc pas comme ça, Émile !... » et « Oh, maman, regarde les petits canards... » « Fais attention, Louise, ta robe trempe... »

Dans une barque, Luc et Anne. Il rame plus vigoureusement, se dégage des bateaux qui l'entourent. Quelques-uns le heurtent, et les barques repoussées dansent ; l'eau saute ; des rires, des cris de femmes. Des jeunes gens appellent :

— Eh, là, les amoureux, vous êtes bien pressés !...

Ils sont loin maintenant, sur un bras plus large du lac. Des branches trempent dans l'eau. Luc demande :

— Vous ne savez pas ramer ?
— Non.
— Que faisiez-vous donc à la campagne ?

— Ce n'était pas la campagne, mais la province.
— Je vois. Sinistre, hein ?
Elle dit brièvement :
— Assez.
Un silence. Il repose les rames, et on entend l'eau s'égoutter avec un petit bruit léger. Elle dit :
— C'était affreux... Ces longues, longues journées... vides... et puis cette femme, ma tante... méchante... hypocrite... Je ne pourrai jamais lui pardonner, et à ma mère non plus, je crois...
Luc hausse les épaules.
— On oublie. Et puis c'est la vie... ce n'est pas plus drôle ailleurs, vous savez... Moi, je...
Il s'arrête, rêve un instant, dit :
— Le soleil se couche... Il faut rentrer... Il fait froid en cette saison sur le lac...
La barque s'éloigne. D'autres se hâtent. Les hommes ont leurs vestons jetés sur les épaules. Un vent vif ride l'eau. Des nuages passent. C'est le couchant. Le soir. Les oiseaux s'envolent avec des cris différents, perçants, et tristes comme des appels. Au loin, on entend : « Ohé, ohé, vous rentrez ? Et vous ? Il ne fait pas chaud, hein ? » — « Non. Que voulez-vous ? Ce n'est pas encore le vrai printemps. »
Le lac, désert, paraît plus large, tranquille, endormi. On entend distinctement les bruits mystérieux de l'eau ; un floc léger ; un poisson plonge, un brusque frémissement d'ailes comme une soie déchirée : un oiseau s'abat ; très loin, un faible cri, et le petit clapotement de l'eau court sous les branches.

À gauche, derrière le réseau d'arbres, les premières autos allumées passent sur la route, brillent un instant, s'éteignent. L'image du lac s'efface. C'est la foire aux portes de Neuilly. La foule s'écoule lentement, aveuglée par le dur éclairage. Des enfants sont juchés sur l'épaule des grandes personnes. Les boniments des forains. «Par ici, messieurs et mesdames... et qui en veut? qui en demande?» Un cuisinier en plein vent fait des gaufres. Cris dans la foule. «... par ici... ohé, ohé, c'est la cage aux lions... Eh, les enfants, gare, ne nous quittez pas...» Des appels. «... Bébert! Lili!», un piétinement, une sorte de grondement scandé. Devant la baraque de tir, des coups de feu, des rires énervés de femmes; des enfants passent en soufflant dans des mirlitons de papier. Partout des musiques bruyantes qui jouent chacune des airs différents, et le grand manège des chevaux de bois à deux étages, avec ses traîneaux et ses chariots peints, tourne et s'élance.

Luc et Anne passent; ils sont serrés l'un contre l'autre; ils marchent lentement; on les bouscule, des hommes se retournent; ils semblent ne rien voir. Luc demande:

— Vous êtes fatiguée? Vous voulez rentrer?
— Oh, non, qu'est-ce qu'il y a par là?
— Je ne sais pas. Allons voir.

Ils se perdent dans la foule. Un marchand, son éventaire au dos, agite une crécelle, crie:

— Le plaisir!... Voilà le plaisir, mesdames...

Les bruits de la fête s'éloignent. La musique faiblit et cesse. Dans une rue calme, Luc et Anne sortent du métro. Anne rit.

— J'ai la tête qui me tourne. Comme je vous remercie.

— Ah, si j'étais riche, je vous aurais emmenée ailleurs, dans un beau restaurant à la campagne...

— Je ne me serais pas amusée davantage.

Ils marchent un instant en silence. Il fait nuit. Sur un banc, un homme et une femme s'embrassent. Ils sont confondus en un bloc obscur, immobile ; on ne distingue pas leurs traits. Luc dit, la voix un peu assourdie :

— Il fait bon, n'est-ce pas ? Quelle belle nuit...

Anne répète doucement :

— Oui, c'est une belle nuit...

Ils vont plus loin. Et d'autres couples enlacés passent ; une petite auto, les phares chargés de grands bouquets de fleurs des champs apparaît ; elle est remplie de jeunes gens, de jeunes filles qui chantent. Luc dit :

— C'est dommage de rentrer... On traînerait toute la nuit par les rues, n'est-ce pas, Anne... Regardez-moi... Pourquoi détournez-vous les yeux ?

Anne hausse les épaules avec une sorte de coquetterie et d'innocence. Il lui saisit le bras, la serre contre lui, la regarde, puis, brusquement, la repousse, dit avec un peu de gêne :

— C'est moi qui ai la tête tournée, je crois... Ah, si j'étais sage... Il y a longtemps...

Il fredonne :

— Adieu, mademoiselle...
— Pourquoi ?
— Ah, pourquoi ?

Il détourne un peu la tête, achève avec effort :

— Qu'est-ce que je peux vous donner ?... Je suis pauvre... J'ai une vie... difficile... Alors, une nuit ? Comme l'Argentin ? Avec l'argent en moins... non...

Sur chaque banc, à présent, il y a un couple enlacé, immobile dans l'ombre. Luc s'arrête.

— Anne, ma chérie, comme tu me plais...

Il l'attire contre lui, lui baise violemment la bouche.

L'image s'éloigne. On voit la rue endormie, les boutiques avec leurs tabliers de fer baissés, et, sous les réverbères allumés, de dix pas en dix pas, des hommes et des femmes qui s'embrassent.

Devant la maison d'Anne. On les voit à peine dans l'ombre. On entend la voix d'Anne étouffée, tremblante :

— Gardez-moi, je vous en supplie ! Qu'est-ce que vous voulez que je devienne ? Je suis malheureuse, je suis seule, j'ai peur...

Il la repousse doucement.

— Va-t'en, va-t'en, Anne.

Elle supplie.

— Mais quand est-ce que je vous reverrai ?
— Demain.
— Où ?

— Dans le bistro, au coin du quai, si tu veux, comme aujourd'hui.

L'image s'efface. Dans l'antichambre, Éliane attend; elle frotte nerveusement avec un tampon de ouate le fard sur sa figure. Anne entre. Elles se regardent sans parler. Anne va passer; sa mère l'arrête.

— D'où viens-tu?

Anne, un peu pâle, mord ses lèvres sans répondre.

— Tu ne veux pas me dire? Tu crois que je ne sais pas? L'Argentin, hein? Et te voilà bien fière... Tu te vois déjà couverte de bijoux, je parie... Ah, ma pauvre fille... Tu ne connais pas encore la vie, va... Tu en verras encore... Et de la misère... Et des larmes... Et ne viens pas me faire des reproches après... Moi, j'ai fait tout ce que j'ai pu... comme une imbécile que j'ai toujours été... Pourquoi me regardes-tu comme ça? Par moments, on dirait que tu me détestes... Pourquoi?... Qu'est-ce que je t'ai fait?... Mais confie-toi, dis-moi au moins... Je puis t'aider, te conseiller... tu es une enfant... Aie confiance en moi, au moins... Je n'ai pas mérité ça... Anne...

Anne dit mollement:

— Il n'y a rien à dire...

— Ah, tête de bois! Eh bien, va, fais ce que tu veux... Après tout, je suis bien bonne de m'en faire... Encore une malheureuse de plus... qu'est-ce que ça fait? Hein? Si je n'étais pas ce que je suis, c'est dans une maison de correction que je te fourrerais, tu entends? Et je ne veux pas que tu me regardes comme ça...

Anne, brusquement, crie :

— Mais laissez-moi, pourquoi est-ce que vous me tourmentez ? Qu'est-ce que j'ai fait de mal ? Vous m'avez abandonnée toute ma vie... Quand on a un enfant, on le garde, on l'élève...

Éliane hausse tristement les épaules.

— Vous n'aviez qu'à travailler, et, alors, je vous aurais aimée et respectée... Mais maintenant, ce serait trop commode... Laissez-moi faire ma vie comme je veux, vous entendez ?...

— Mais c'est toi-même, c'est ta vie que tu perds, malheureuse...

— Ça m'est égal, ça ne vous regarde pas...

Éliane a un mouvement emporté, puis se ravise, dit avec lassitude :

— Eh bien, tant pis, après tout ! Plus tard, tu comprendras, et tu regretteras ce que tu me dis aujourd'hui... Je ne l'ai pas mérité... Et, en attendant, j'ai besoin de toi. Tu m'as dit une fois que tu avais soigné ta tante quand elle a eu sa pneumonie. Tu sais poser des ventouses ?

— Oui, naturellement.

— Tu veux venir avec moi chez Ada ? Tu la connais ? C'est une copine du bar. Elle est très malade. Je lui en ai mis hier, mais je ne sais pas faire ça, je lui ai fait mal... Veux-tu venir ?

— Oui, volontiers.

Chez Ada.

Une pièce sombre ornée de cartes postales illustrées, disposées en éventail, et sur les vieilles affiches des murs, l'image d'une femme vêtue de jupons bouffants, rouges, doublés de ruches, qui lève la jambe : bas noirs, grands chapeaux empanachés. En lettres énormes : Mademoiselle Ada, chanteuse étoile du grand théâtre de Saint-Étienne... Casino d'Étretat... Montrouge-Palace... 1910-1911...

Ada est assise sur le lit ; Anne, agenouillée, lui pose des ventouses ; on voit le dos nu d'Ada, et quand elle fait un mouvement, et que la lumière tombe sur elle, toutes les lignes du squelette apparaissent sous la peau ; les cheveux courts, ébouriffés, lui font par-derrière une tête fine de jeune garçon ; elle se tourne lentement ; le visage semble mangé, petit comme le poing, le nez pincé et les dents découvertes des chevaux morts. Anne la regarde avec effroi. Elle ne le remarque pas, essaie de dire merci et, immédiatement, commence à tousser, la figure congestionnée, les yeux agrandis d'angoisse.

Anne dit :

— Il ne faut pas parler...

Ada agite les mains.

— Non, non, ça ne fait rien...

On entend sa respiration sifflante.

— C'est bête, mon Dieu... Je ne sais pas ce que j'ai à tousser comme ça... J'ai eu un gros rhume, c'est vrai, mais il y a longtemps que c'est passé... Vous êtes trop gentilles, ta mère et toi, de te donner tant de peine.

— Mais si, il faut vous soigner, c'est un peu de

bronchite, que vous avez eu... Où avez-vous attrapé ça ?

— Ah, c'est le soir, sûrement, on est là dans les restaurants où il fait si chaud, et puis on sort... la pluie, un courant d'air, et ça y est... Mais ce n'est rien. J'ai toujours eu la poitrine solide... Et ça va vraiment mieux, je pourrai me lever bientôt... Et ça reprendra, la bonne vie... les bonnes parties... Et le Willy's Bar, et tout ça... Ils vont bien, tous ? La mère Sarah est venue me voir la semaine dernière... Dis donc, Éliane, elle est toujours avec Bobby... Il est méchant pour elle, une vraie gale... elle m'a montré ses bras couverts de bleus, et puis elle me dit comme ça : « Crois-tu, hein ? qu'il m'aime ? » Si on peut être poire à ce point... Seigneur...

Éliane lui touche doucement l'épaule.

— Écoute, tu parles trop...

— Mais non, ça me fait du bien. Je m'ennuie toute seule, toute la journée, tu n'as pas idée... Quand on est habitué comme nous à toujours être avec des copains, à rigoler quoi, c'est fou ce qu'on peut s'ennuyer seule... Pourtant, j'ai le caractère plutôt gai, n'est-ce pas ? Eh bien, ça me fiche des idées noires... Je t'assure... Je pense à des choses...

Éliane dit doucement :

— Il ne faut pas, ma pauvre vieille...

— Ah, je sais bien...

Elle se tait, met sa main en écran devant son visage.

Anne demande en étouffant instinctivement sa voix :

— La lumière vous gêne ?...

Un petit silence.

Ada murmure :

— Un peu...

Anne pose sur la lampe un linge, puis commence à ranger ses ventouses.

Éliane prend une chaise, s'assied près du lit en s'efforçant de rire.

— Tu as fini de t'énerver ? Tu vas te taire un peu à présent, et je te raconterai tous les potins, tu veux ?

Ada se soulève sur un coude, dit avidement :

— Oh oui, raconte... Je m'ennuie tant de tout ça, si tu savais...

— Eh bien, Hubert a plaqué Maud...

— Non ?

— Si. Oh, il y a longtemps que ça couvait. Alors, l'autre jour, figure-toi, elle lui a dit qu'elle attendait son ami, tu sais, le vieux, marié, de Roubaix, qui vient deux fois par mois... pas le gros... je sais à qui tu penses... non, l'autre... un vieux, très gentil, très sérieux... Naturellement, Hubert qui se méfiait ne fait ni une ni deux, il s'amène au milieu de la nuit. Et qu'est-ce qu'il trouve ? Devine...

— Je ne sais pas, moi, Georges ?...

— Non, mieux que ça ! Le fils du concierge. Une espèce de grand blond, fadasse... Je l'ai vu une fois qui faisait les escaliers, quand je suis allée la voir... une horreur...

— C'est pas vrai ?

— Je t'assure.

Ada rit.

— C'est trop drôle...

Anne s'est éloignée ; elle est debout contre la fenêtre ; elle regarde la petite cour humide et profonde.

Ada soupire.

— Ce sont toujours les plus rosses qui ont de la chance, hein ? C'est pas comme moi... Je n'étais pas laide, pourtant... Et je n'aurais pas demandé mieux que d'être sérieuse... Mais les hommes n'aiment pas ça...

Éliane allume une cigarette, dit pensivement :

— Oui... ils ont toujours peur d'être embobinés... Alors, ils tombent sur des rosses qui les font marcher. C'est bien fait.

Ada dit d'un air résigné, paisible et mélancolique :

— C'est aussi une question de chance... Il y en a qui faisaient les malignes et qui avaient tout pour réussir, la beauté et le chic, et tout... et qui plaisaient aux hommes... et puis, on ne sait pas pourquoi... elles dégringolaient comme les autres... C'est une question de chance...

Elle se tait.

Anne semble écouter comme malgré elle, avec une sorte de fascination terrifiée...

Un petit bistro au coin d'une rue calme, près de la Seine.

Des ouvriers boivent autour du comptoir. L'horloge marque quatre heures et demie. Anne est assise dans un coin ; elle regarde fixement sans les voir des journaux illustrés sur la table ; deux bourgeois jouent aux échecs ; on entend le petit bruit des pièces, glissées sur le bois. Dans le fond, deux ouvriers ivres font marcher le piano mécanique ; une vieille mélodie résonne, criarde et grinçante. Quand elle est finie, on les entend dire :

— C'est bien, hein, mon vieux ? on remet ça...

Et la musique reprend. Les aiguilles, lentement, avancent. Le patron rince les verres avec fracas. Un ouvrier, avec une grande animation, raconte à un autre :

— Alors je lui ai dit : mon vieux, ce n'est pas possible... vous vous foutez du monde... Et la journée de huit heures, qu'est-ce que vous en faites ? Sale bourgeois... exploiteur que j'y dis... Vous voulez mon poing à travers la gueule que j'y dis... Il n'a pas pipé, mon vieux... À la tienne, mon vieux...

Anne attend, en vain.

Chez Éliane. Éliane et Anne viennent de dîner. Il y a des restes de charcuterie dans les papiers gras sur les assiettes. Dans la cuisine, Germaine lave la vaisselle en chantant. Éliane fume et regarde avec chagrin Anne immobile. Enfin, elle dit brusquement :

— Anne !...

Anne tressaille, lève les yeux.

— Qu'est-ce qu'il y a ?
— Rien.
— Tu as du chagrin ?
— Non.

— Tu n'es pas malade ? Il ne t'est rien arrivé ?

Anne frémit, murmure avec impatience :

— Mais rien, rien, je vous assure.

— Tu es triste depuis quelque temps. C'est la mort de la pauvre Ada qui te fait de la peine ?

— Oui.

— Ah, qu'est-ce que tu veux ? Moi aussi, ça me fiche le cafard... Mais c'est la vie, ma pauvre petite...

Anne répète en écho :

— C'est la vie...

— Elle est plus heureuse comme elle est maintenant, va...

— Peut-être...

Un silence. Éliane étend doucement, timidement la main vers Anne. Anne, comme malgré elle, a un brusque mouvement de recul et se lève. Éliane allume une autre cigarette, secoue machinalement les cendres.

— Anne, veux-tu venir avec moi, ce soir ? Il y a Maud qui nous a invitées. Son ami lui a fait cadeau d'une maison à Bellevue... Tu le savais, n'est-ce pas ?

Anne dit distraitement :

— Non, je ne savais pas.

— On pend la crémaillère ce soir... Je ne voulais pas te prendre, mais, après tout... Là ou ailleurs... Et je n'aime pas te voir cette figure...

Un silence.

Anne se tait. Éliane la regarde à la dérobée avec

une sorte de timidité, de profonde et douloureuse tendresse.

— Tu veux, mon petit ?

Anne murmure avec effort :

— Non, je n'ai pas envie...

— Mais pourquoi ?

— Je ne sais pas. Je n'ai pas envie...

— Il y aura tout le monde, tous les copains, Nonoche, Louloute, Célia, Luc...

Anne tressaille, hésite, puis dit d'une voix incertaine :

— Eh bien, allons...

La nuit.

Une jolie maison, dont un des côtés surplombe la route ; on distingue vaguement le parc et le bois de Meudon ; le ciel du côté de Paris est éclairé violemment, comme par un projecteur. Le jazz joue derrière une baie illuminée ; l'ombre gigantesque d'un nègre qui gonfle ses joues et tire des sons aigus du saxophone danse sur les vitres. Sur la route apparaît une moto, avec son bruit de tonnerre, et la clarté brutale des phares éclaire la maison ; dans le sabot, une femme dort à moitié ; on ne voit d'elle que son béret blanc et un gros bouquet de coucous ; sur le siège, deux jeunes gens en casquette. Ils s'arrêtent.

— Dis donc, t'as vu ?

— Quoi ?

— Les types, là, ils ne s'en font pas ?...

Ils lèvent la tête, regardent avec admiration ; on voit clairement à travers la vitre la bousculade des danseurs, une fille à demi nue, portée à bout de bras par des hommes saouls.

Les garçons, sur la route, rigolent.

— Hé, dis donc, Julot, elle est rien bath, la poule...

— Tu parles, mon vieux...

— Y en a qui ne s'embêtent pas ? Hein ? T'as vu ? T'as vu ?... Ben, mon colon, t'as pas besoin d'un coup de main ?

Ils échangent des bourrades joyeuses dans l'ombre. Du sabot, une voix ensommeillée proteste :

— On ne va pas passer toute la nuit ici, dis, Mimile ?... qu'est-ce que vous regardez ?

Elle essaie de se hausser, mais le dos des garçons la gêne ; elle ne voit rien, se rassied avec un bâillement, geint :

— Oh, ce que vous êtes embêtants... On rentre, hein ? on rentre ?

Les garçons ne répondent pas. L'un d'eux murmure à voix basse :

— Il y en a qui ont de la veine, tout de même...

Puis, avec un soupir :

— Ah, les salauds...

Quelqu'un s'est glissé derrière les rideaux écartés. Ils voient la figure torturée d'Anne. Elle tord nerveusement ses mains, et son visage semble tellement enfantin et misérable que les jeunes gens disent ensemble avec pitié :

— T'as vu la gosse ?

— Oui. Pauvre fille... Elle n'a pas l'air à la noce,

hein?... Une jolie poule comme ça, si c'est pas malheureux...

L'un, avec un rire étouffé, met sa main en porte-voix devant sa bouche.

— Hé, mademoiselle, qu'est-ce qu'il y a pour votre service?... On est deux gars, là, au cœur chaud...

Il parle à voix très basse, mais son camarade intervient avec blâme :

— T'es un cochon, Mimile, tiens...

La fille continue à geindre :

— Mais qu'est-ce qu'il y a, bon Dieu? Qu'est-ce que vous regardez?

— C'est une gosse qui pleure.

Elle se hausse, jette un coup d'œil méprisant.

— Penses-tu? C'est une femme saoule.

La moto démarre.

On entend un bruit de trompettes, et une horde de masques descend en courant l'escalier. Les portes battent; dans un petit bar obscur, des gens sont étendus, enlacés au creux des divans. Éliane fait signe à un homme qui passe.

— Dis donc, tu n'as pas vu la petite?

— Si, elle était dans le jardin, je crois qu'elle est partie...

— Ah, bon...

Elle sourit et paraît soulagée. Un beau garçon brun, avec une figure fraîche et avenante, appelle joyeusement :

— Tiens, te voilà, Éliane... Ah çà! on ne te voit plus nulle part, c'est pas possible, j'ai été hier chez

Maxim's et on m'a dit qu'on ne t'avait pas vue depuis quinze jours... Tu es malade? Tu as une fichue mine...

Elle répond vaguement:

— J'ai eu des tas d'embêtements...

— Pauvre, allons, faut pas s'en faire!... On boit?

— On boit.

Il s'assied sur un petit coussin, aux pieds d'Éliane, débouche une bouteille de champagne, remplit les verres.

— À ta santé, Éliane...

— À la tienne, Jean-Paul...

Ils boivent, puis le garçon fait un signe.

— Hé, Luc, tu prends un glass?

Luc, à la hâte, se détourne.

— Qu'est-ce qu'il y a? Vous n'êtes plus copains?

— Mais si. Je ne sais pas du tout ce qu'il a, moi... Hé, Luc!...

Luc hésite, puis s'approche; les rideaux qui dissimulent Anne frémissent.

— Tu ne veux pas me dire bonjour, qu'est-ce qu'il y a?

Il ne répond pas, prend un verre au hasard, jette le champagne resté au fond, y verse le reste de la bouteille que Jean-Paul tient à la main, boit goulûment. Jean-Paul dit en soupirant:

— C'est la barbe ici, hein?

— Tu parles... Cette pauvre Maud qui fait sa petite Païva... c'est crevant!...

Jean-Paul donne une tape légère sur l'épaule de Luc.

— Encore du champ's, vieux? Tu as une figure d'enterrement. Pourtant, tu avais misé sur Frelon II l'autre jour...

Éliane demande:

— Tu as gagné, Luc?

— Oui.

— Combien?

— Dix billets, c'est tout...

— Ben, mon Dieu, ce n'est pas mal... Tu avais eu une mauvaise passe...

— Oui, c'est vrai.

Jean-Paul demande en riant:

— Dites-moi, il y a longtemps que je ne vous ai pas vus... Alors, je demande ça pour ne pas faire de gaffes... Vous n'êtes plus ensemble, hein?

Éliane dit, surprise:

— Mais on n'a jamais été ensemble...

— Oh, par exemple, tu m'avais dit toi-même?...

Éliane rit.

— Ah, oui, oui, parfaitement, trois nuits juste, et il y a si longtemps... Je l'avais oublié...

Luc murmure sombrement:

— Moi aussi...

Éliane proteste mollement:

— Quel petit mufle, hein?

Ils se taisent.

Un peu plus tard, Éliane et Jean-Paul sont partis; dans la chambre vide, Luc est seul, la tête dans ses mains. Il ne voit pas Anne qui a écarté les rideaux et qui le regarde; elle fait un effort violent pour retenir ses larmes.

Elle dit doucement, avec calme:

— Luc!...

Il lève la tête d'un mouvement involontaire, ardent, joyeux.

— Mon petit...

Elle est serrée contre lui, dans ses bras. Elle tremble, répète désespérément:

— Luc, Luc, pourquoi n'es-tu jamais venu? Comme je t'attendais, si tu savais... Pourquoi? Pourquoi?

Il ne répond pas; ils s'embrassent et rient nerveusement, tendrement.

— Tu ne voulais pas de moi? Pourquoi?

— Ah, tu sais bien, Anne, je suis un pauvre type... Et je t'aime trop pour ça... une nuit de temps en temps, jusqu'à ce que tu trouves...

Elle lui met la main sur la bouche.

— Tais-toi, tais-toi, ne dis pas ça... Je n'ai pas besoin d'argent... Je ne peux pas voir ces gens, cette vie... j'étais une enfant stupide... je ne comprenais rien... Emmène-moi, seulement, et je serai ta servante... je ne te demanderai rien... je n'ai besoin de rien... je suis si seule, si malheureuse...

Il soupire.

— Et moi... Ah, ma chérie, est-ce que c'est possible? Être heureux, être tranquille, avec toi? Anne?

Il répète doucement:

— Anne... comme j'aime ton nom... comme je t'aime, si tu savais...

L'image de leurs bras enlacés, de leurs lèvres jointes, semble s'effacer dans l'ombre, et le murmure étouffé, amoureux, se transforme en un rire d'Anne joyeux et triomphant. Ils sont assis tous les deux sur une espèce de divan bas, aménagé en lit.

C'est le minuscule appartement de Luc; la pièce unique, un petit meublé, poussiéreux, sert visiblement de chambre à coucher, de salle à manger et de salon, mais il y a un petit bar tout neuf dans un coin. Sur une chaise sont jetés pêle-mêle les vêtements de Luc, les bas et la robe d'Anne. Elle est habillée du peignoir de Luc; ses jambes sont nues et sa gorge. Luc semble transformé; il baise les mains, les fins poignets d'Anne.

Il murmure avec fièvre:

— Anne, tu es heureuse? Tu ne regrettes rien? Regarde-moi, souris-moi. Dis-moi comme tout à l'heure: mon ami... c'est une telle caresse dans ta bouche...

Elle murmure gravement, tendrement:

— Mon ami...

— Anne, ma petite, ma chérie, quelle brute j'ai été... figure-toi, jusqu'à la dernière minute je pensais: «Elle m'a menti, ce n'est pas possible que je sois le premier...» Mon chéri, tu ne regrettes pas? Non? Tu verras... je t'aimerai... je te ferai une vie douce, je te gâterai... je travaillerai, je te rendrai heureuse, je le jure.

Elle lui met vivement la main sur la bouche.

— Tais-toi... je ne m'occupe pas de tout ça, moi... ça m'est bien égal... avec toi, je serai toujours heureuse..., je ne pensais pas qu'on pouvait être heureuse comme ça.

Il dit plus bas avec une sorte de timidité soudaine :

— Anne... je veux t'épouser...

Elle hausse doucement les épaules.

— Je veux te garder toujours... j'ai trop peur que ces gens, ce milieu ne te reprennent...

— Ah, il n'y a pas de danger, je te jure...

— C'est vrai, mon amour ? Pour moi non plus, va... Au fond, je n'étais pas né pour ça, vois-tu... Il faut avoir ça dans le sang pour être heureux là-dedans, moi, je suis seulement un malheureux, un paresseux... Si je n'avais pas été seul de si bonne heure, je pense que j'aurais été différent... Mais je n'avais personne à aimer...

Il parle à voix basse avec une exaltation visible, une fièvre joyeuse ; elle lui caresse les cheveux, touche ses paupières du bout des doigts.

— Luc, je t'aime...

Elle lui met les bras autour du cou ; enlacés, ils retombent doucement en arrière.

Un peu plus tard. Luc est habillé, mais Anne porte encore la robe de chambre de son amant et traîne ses pieds nus au fond de grandes mules d'homme trop larges pour elle. Il y a des fruits et du vin sur la petite table. Luc semble soucieux ; il prend son chapeau, le brosse d'un revers de main.

Anne murmure :

— Tu reviendras vite ?

— Oui, mon chéri. D'abord, je vais passer chez la mère Sarah bazarder mon épingle de cravate. Elle en donnera bien six ou sept cents... elle en vaut deux mille... Et puis, je vais m'occuper immédiatement d'une place... J'aime mieux faire ça tout de suite parce que...

Il s'interrompt, fait un mouvement des lèvres.

— Enfin, j'aime mieux... Mais ça ne sera pas trop difficile, je pense... je connais bien le petit Lapeyre, des Établissements Lapeyre et Cie ; il me trouvera bien une place dans les bureaux pour commencer... Nous n'avons pas besoin de grand-chose, n'est-ce pas, Anne ?

— Non, Luc, seulement l'un de l'autre... D'ailleurs, moi aussi, je travaillerai, et avec joie, va...

Il lui prend la tête à deux mains, attire son visage, le regarde profondément dans les yeux.

— Anne, tu n'as pas peur ?...

— Non, de quoi veux-tu que j'aie peur ? Je suis courageuse, tu verras.

Elle l'accompagne jusqu'à la porte, le regarde partir, écoute son pas dans l'escalier, puis elle range la pièce, elle chantonne à mi-voix. Un coup de sonnette ; elle sursaute, semble étonnée, regarde l'heure ; derrière la porte, on sonne de nouveau ; elle regarde ses vêtements avec embarras. On frappe. Elle entend la voix d'Éliane.

— Ouvre tout de suite, Anne, c'est moi.

Immédiatement, le visage d'Anne change, durcit et semble se figer dans une expression froide et implacable ; elle ouvre lentement la porte ; Éliane entre. Elles se regardent toutes les deux un moment sans parler.

Enfin Éliane murmure avec une sorte de stupéfaction douloureuse :

— Tu es là ? Malheureuse petite… Maud m'avait bien dit que tu étais partie avec Luc… Je ne voulais pas le croire… Je t'ai attendue toute la nuit, Anne…

— Je serais allée chez vous cet après-midi pour vous dire adieu.

— Comment ? Tu es folle.

Anne dit froidement :

— Pourquoi ?

— Tu es allée t'amouracher de ce gamin, de ce vaurien ? Mais vous mourrez de faim, tous les deux, voyons !

— Non. D'abord, il travaillera. Et puis je n'ai pas peur de la pauvreté, moi.

— Pardi, tu ne sais pas ce que c'est.

Anne serre les lèvres sans répondre.

— Je ne te laisserai pas faire une sottise pareille. Tu vas rentrer avec moi, immédiatement.

— Non.

— Non ? Ah, nous verrons bien, par exemple !

Elle fait un mouvement.

Anne crie :

— Non, non, laissez-moi, je ne veux pas ! Vous entendez ! Je ne veux pas ! Je ne vous suivrai pas ! Je mourrai, mais je ne vous suivrai pas ! et vous déteste ! Je vous maudis ! Vous avez fait mon malheur ! Et maintenant que je pourrais enfin être comme tout le monde, heureuse, aimée, vous venez m'empêcher parce que vous êtes jalouse !

— Quoi ?

Elle répète avec emportement :

— Jalouse. Je sais. Je sais bien... Vous avez... vous aussi, vous avez aimé Luc... J'ai entendu chez Maud, cette nuit. J'étais cachée derrière le rideau dans le bar...

Éliane dit tristement :

— Ah ! ma pauvre enfant, si tu savais... Aimer ton Luc... Ah, tu peux le garder, ton Luc, un...

Anne, dressée, les poings en avant, crie :

— Taisez-vous ! Je vous déteste ! vous entendez ? Je vous déteste ! Allez-vous-en !

« Mon Dieu, pourquoi me tourmentez-vous ? Je n'ai pas besoin de vous ! C'était bon quand j'étais petite, quand j'étais seule, malade, que je pleurais des nuits entières sans personne pour m'aimer... Alors, vous auriez pu faire n'importe quoi ! Je vous aurais aimée quand même... Maintenant, je n'ai besoin que de Luc ! et de personne d'autre... »

Éliane recommence avec une sorte de désespoir.

— Anne, viens, allons-nous-en... c'est de la folie... Tu regretteras, tu comprendras demain...

comme tu as été égoïste et méchante... Je ne peux pas te laisser gâcher ta vie, voyons... Si tu savais... J'en ai tant vu... Et moi-même... À ton âge... C'est comme ça que j'ai fait mon malheur... quand je suis partie de chez nous... J'avais seize ans... et puis... j'ai failli crever de faim avec toi sur les bras, tu sais... Ah, l'amour, l'amour, ma pauvre petite, si tu savais seulement ce que c'est vite passé... Et la misère, l'abandon, la solitude... Si tu savais seulement, si tu savais... Ah, tiens, j'étais folle quand je me désespérais parce que tu voulais faire la noce. Au moins, jolie comme tu es... Et au fond, c'est tout pareil... Mais ça... Anne, écoute! Hier, j'ai revu l'Argentin! Tu te rappelles? Il est riche et il a le béguin pour toi. Qui sait? Souvent on commence ainsi, et puis l'homme est pris, et c'est le mariage. Qui sait? Veux-tu que je lui dise?... que j'essaye?...

Anne fait un brusque mouvement, dit très bas, très nettement:

— Je vous en prie, allez-vous-en, vous me faites horreur...

Éliane pâlit, lève la main, comme si elle sentait la douleur d'un coup en plein visage. Elle ramasse lentement son sac et son chapeau qu'elle avait jetés sur la table en entrant et sort. Sur le seuil, elle s'arrête, tourne lentement son visage ravagé et vieilli, murmure avec effort:

— Je n'ai pas mérité cela, ma fille... Je n'ai jamais été une mauvaise mère pour toi...

— Vous? Vous m'avez fait du mal toute ma vie!

Éliane hausse les épaules de son mouvement résigné, dit avec lassitude :

— Je ne l'ai pas voulu. Et tu me le rends bien à présent. Mais c'est à toi que je pense. Prends garde, Anne. Tu fais ton malheur. Tu seras seule bientôt. Va, tu reviendras chez moi, alors…

Anne serre les dents.

— Jamais !

Éliane s'en va.

Et c'est la nuit, un an et demi plus tard. L'été, la chaleur. Par la fenêtre ouverte brille l'enseigne lumineuse d'un restaurant. On entend le bruit, la clameur cuivrée d'un orchestre installé dehors, au milieu du café. La chambre est seulement éclairée par la lueur qui vient de la rue et par une montre phosphorescente posée sur la table. Anne assise sur le lit allaite son enfant. Elle fredonne machinalement : « Do-do, l'enfant do »… sans quitter des yeux l'aiguille qui marque onze heures et avance lentement.

Parfois, quand l'orchestre joue moins fort, on entend des bruits de pas et de voix dans la rue, et Anne fait un mouvement involontaire pour courir à la fenêtre, mais l'enfant pousse un faible vagissement ; elle se rassied, recommence à chanter d'une voix épuisée : « Fais do-do, Françoise, ma petite fille, fais dodo, tu auras du lolo. Papa est en haut… » Elle s'interrompt brusquement, pousse un cri étouffé : Luc ouvre la porte ; son visage est défait, ses vêtements froissés.

Anne murmure en tremblant :

— Enfin, enfin, où étais-tu ? Tu n'es pas allé au bureau ?

— Comment le sais-tu ?

— J'ai téléphoné, Luc. Il ne fallait pas ? Est-ce que ?... Qu'est-ce qui t'est arrivé ? Qu'est-ce que tu as fait, Luc ?

Elle parle à voix très basse pour ne pas réveiller l'enfant ; elle tient avec d'infinies précautions le petit crâne chauve, pointu, du nouveau-né qui dort doucement, mais ses mains tremblantes s'enfoncent nerveusement l'une dans l'autre.

Luc dit d'une voix sourde :

— J'ai perdu.

— Quoi ? Perdu ? Où ?

— Aux courses. J'ai tout perdu aux courses, Anne.

— Tu as joué ? Mais quand ? Mais avec quel argent ?

Il se tait. Elle continue avec une épouvante croissante :

— Tes mille francs du mois sont dépensés depuis longtemps. Puisque voilà huit jours que nous vivons à crédit et que... Quelqu'un t'a prêté de l'argent ?

Il secoue la tête, dit :

— Non. J'ai pris.

— Tu as...

— Volé, oui. Depuis plus d'un an je prends dans la caisse pour jouer aux courses... Anne, ne me regarde pas comme ça... C'était pour toi, c'était pour la petite, pour manger...

— Combien as-tu perdu ?

— Cent mille.
— Quoi ?
Il répète d'une voix blanche.
— Cent mille...

Et, tout d'un coup, il éclate en sanglots convulsifs.

— Cette place, cette place que j'ai eu tant de peine à trouver... On va me mettre en prison, Anne... Mais tant pis, je l'ai mérité, je suis un malheureux, un misérable... Mais toi ! Et la petite... à la rue... vous allez être à la rue, et à cause de moi qui vous aime plus que tout au monde. Pardonne-moi, Anne, pardonne-moi, pardon... pardon.

Il est à genoux ; il pleure comme une femme ; elle a un mouvement effrayé :

— Tais-toi, je t'en supplie... tu vas réveiller la petite... J'ai eu tant de mal à la faire dormir... je n'ai presque plus de lait.

Il se relève, la regarde avec désespoir, dit tout bas :

— Que faire, mon Dieu ? Que faire ? Anne ? Anne, réfléchis, moi je ne sais plus, je ne peux plus... Je sais bien que je devrais me fiche à l'eau... Mais je n'ai pas le courage... Enfin, ce n'est pas possible, nous sommes jeunes tous les deux, je suis fort, je travaillerai, on aura pitié de nous... On nous avancera cet argent ! Hein ? Tu ne crois pas, Anne ?

Elle lui met doucement la main sur l'épaule ; ses doigts tremblent ; elle lui caresse les cheveux.

— Mais si, mon petit...

Un long silence. L'orchestre éclate de nouveau à

deux pas de la fenêtre ; ils tressaillent, se rapprochent, et de leurs mains jointes, du même mouvement, enlacent, protègent l'enfant endormi.

Anne dit :

— Écoute, si tu allais voir Lapeyre ?

— Ah, j'y ai bien pensé, mais il est en Amérique.

— Tu n'as personne, personne, pas de famille, personne ?

Il secoue tristement la tête.

— Des cousins éloignés dont je ne connais même pas le nom. Et c'est demain qu'il faut trouver cet argent, tu comprends, Anne, demain, avant lundi. Autrement, il vaudrait mieux aller tout de suite à la police, tout droit... Et, ma foi...

— Non, Luc, ne dis pas cela, c'est lâche... Écoute, si tu allais voir le patron du Willy's Bar, tu sais bien ? Il est riche, lui... Je me souviens, une fois, il a prêté de l'argent devant moi à un garçon qui venait là-bas. Tu sais, celui qu'on appelait le petit Baron ?

— Oui, il lui faisait souscrire des billets... ce petit... son père était millionnaire... il devait mourir d'un moment à l'autre... Dans ces conditions, moi aussi, je trouverais de l'argent demain... Non, va, il n'y a rien à faire...

Il se tait. Puis, brusquement, il dit :

— Anne ! Et... ta mère ?...

Anne a un sursaut violent, le regarde presque avec haine.

— Non.

— Anne ? Pourquoi ?

— Jamais. Ne me demande pas ça. Et puis, elle ne voudrait pas, elle ne pourrait pas... et puis, non, non, non!...

Luc baisse la tête.

— Alors, qu'est-ce que tu veux? Il n'y a rien à faire...

Il cache sa figure dans ses mains, l'image s'éloigne, s'efface...

C'est le lendemain. On devine la chaleur atroce; les volets, dans la chambre d'Anne, sont fermés; sur le lit, tout habillé, Luc dort. Anne lave les couches de l'enfant, les étend sur une ficelle attachée devant la fenêtre; l'enfant est couché dans un panier arrangé en lit; de temps en temps, Anne s'approche et éloigne les mouches qui se posent sur le front de l'enfant. Dehors, des femmes passent, s'interpellent joyeusement: «Quelle chaleur... on va avoir de l'orage, bien sûr...» Anne, accablée, s'arrête un instant, s'approche de la fenêtre, entrouvre doucement les volets et regarde; en face d'elle, une vieille femme tricote, assise dans la bande d'ombre qui tombe de la porte cochère. La terrasse du café est pleine de gros hommes en chapeau de paille; ils boivent; il y a de la glace pilée dans les verres. Anne soupire, puis reprend courageusement sa besogne; elle rince le linge; elle relève de son coude nu les mèches de cheveux qui lui tombent sur les paupières; l'enfant s'agite dans son berceau, commence à pleurer; elle essuie ses mains pleines de savon, se penche sur le panier, arrange tendrement la petite tête sur le bout d'oreiller, murmure tout bas : «Dodo, allons, dodo, sois sage... il ne faut pas réveiller papa... pauvre papa...» L'enfant pleure plus fort ; elle jette un regard de désespoir sur Luc, qui remue et gémit. Elle prend l'enfant dans ses bras, le berce : il pleure et crie ; elle lui tend le sein qu'il mord goulûment et rejette presque aussitôt ; elle presse de toutes ses forces avec une sorte de rage ce sein vide, mais rien, pas une goutte de lait n'en sort. Elle serre l'enfant contre elle et chuchote : «Ma fille, ma Françoise, pardonne-moi, pardonne-moi !...» Dehors on entend des cris, les jurons d'un charretier qui essaie de faire monter la côte à ses bêtes. Anne, debout contre la fenêtre, regarde ; on entend des cris violents, des claquements de fouet, le grincement des roues, et les chevaux apparaissent ; les maigres bêtes à moitié mortes tendent en avant leurs cous misérables, tandis que, debout sur le siège, le cocher les cingle et rit aux commères. Anne serre désespérément son visage contre la vitre. L'enfant écrase la bouche contre le sein nu, puis détourne la tête en gémissant, et Anne, les lèvres tremblantes, le berce et murmure des paroles indistinctes.

C'est la nuit ; dans l'appartement d'Éliane, dans sa salle à manger, Anne est assise et attend sa mère ; la pendule sonne une heure ; Anne ne bouge pas, les yeux fixés sur l'aiguille qui avance. Enfin elle entend le bruit de la clef tournée dans la serrure, les pas d'Éliane, une voix d'homme. Elle se lève. Éliane paraît sur le seuil ; elle pousse un cri étouffé, se détourne rapidement, dit quelques mots ; une voix masculine répond avec un accent irrité ; une porte est refermée avec fracas. Éliane reparaît, s'avance vers Anne. Anne dit :

— Je viens vous demander de me sauver...

Elle se reprend, dit :

— ... De nous sauver... mon mari, mon enfant, moi...

Elle achève plus bas, en tordant nerveusement ses mains :

— J'ai besoin d'argent. Si vous ne pouvez pas... si vous ne voulez pas... il ne nous reste plus qu'à aller cette nuit nous jeter dans la Seine... Oh, pour moi, ça me serait bien égal... au contraire, mon Dieu, quel repos... mais ma petite... Écoutez, si vous ne pouvez pas... dites-moi non tout de suite, surtout n'essayez pas de me tromper... il me le faut de suite, tout de suite, avant huit heures, demain matin...

— Combien ?

— Cent mille francs.

— Cent mille francs ?

— Oui.

Elle dit avec une sorte de défi :

— Je ne dis pas que c'est un prêt, que nous travaillerons, que nous vous rendrons... je ne sais rien, rien, rien, et je ne veux pas mentir... Peut-être... ou bien tout cela ne servira à rien, et Luc recommencera... Oui, c'est Luc... il a... il a pris de l'argent qui ne lui appartient pas, mais ce n'est pas pour une autre femme ou quelque chose de semblable, c'est pour nous... pour vivre, pour manger... il gagnait mille francs par mois... et l'enfant... c'est vrai aussi que nous ne savons pas bien nous arranger... On se privait de tout, et puis, un jour, Luc rapportait du caviar pour le dîner et... mais maintenant, maintenant que la petite est là, c'est différent... seulement, c'est la mauvaise chance... vous ne pouvez pas savoir... je suis tout le temps malade... si vous nous aidez, si on est délivré de ce cauchemar, je mettrai la petite en nourrice, je travaillerai, je suis forte, jeune et... Mais c'est demain, demain... Si je n'ai pas cet argent, Luc sera chassé, arrêté... Ah, mon Dieu, s'il n'y avait pas la petite, je vous jure bien qu'on ne se débattrait pas longtemps, que cette nuit même ce serait fini...

Elle dit plus bas avec effort :

— Je sais bien que j'ai mal agi envers vous et que vous ne pouvez avoir envers moi que de la haine.

Elle se tait ; elle regarde Éliane ; elle semble la voir pour la première fois.

Elle dit :

— Pardon.

— Je n'ai rien à te pardonner, ma pauvre Anne. Moi aussi, j'ai été coupable autrefois. Combien de fois, quand je te portais, je t'ai souhaité la mort... et après, je t'ai abandonnée, j'aurais dû tout laisser pour toi, travailler. J'aurais dû... Mais la vie est difficile, vois-tu...

— Je sais maintenant.

Elles ne disent plus rien et demeurent l'une en face de l'autre, se regardant profondément. Enfin Éliane se lève, ouvre un tiroir fermé à clef, prend un écrin ;

ses mains tremblent si fort pendant quelques instants qu'elle ne parvient pas à l'ouvrir; elle hausse les épaules avec impatience, jette l'écrin sur la table, dit sans regarder Anne :

— C'est demain à huit heures qu'il te faut l'argent ?

Anne fait un signe.

— Vous pouvez ?

— Oui. Viens avec moi. Nous irons tout de suite chez la mère Sarah. Je ne vois qu'elle capable de me donner l'argent comptant à une heure pareille.

— Vous allez... vendre votre collier?...

— Oui. Il vaut juste cent mille francs. C'est de la veine, hein ?

Elle se tait, prend un journal, enveloppe l'écrin.

— Allons, viens. Comme tu as mauvaise mine, ma pauvre fille...

— C'est depuis que j'ai eu la petite.

— Ah, oui, c'est vrai, tu as un enfant... c'est drôle... Comment s'appelle-t-elle ?

— Françoise.

Éliane soupire.

— Françoise...

Elle se tait, puis dit d'une voix basse :

— Allons, viens...

L'image s'efface. On entend la voix d'Éliane qui, doucement, répète :

— Françoise...

Puis le nom jeté plus fort, joyeusement :

— Françoise! Françoise! Allons, dépêche-toi un peu, ma petite fille…

Une voix d'enfant:

— Je viens, maman!

Le long des boulevards, des baraques du jour de l'An, une petite fille d'une dizaine d'années court au-devant d'Anne. Anne est changée, engraissée; elle a un air de repos et de bonheur; elle est habillée simplement et tient des paquets à la main; la petite fille saute à pieds joints par-dessus une planche, regarde sa mère avec fierté.

— Tu vois, maman, je saute aussi loin que Michel, n'est-ce pas?

— Oui, oui, mais dépêche-toi, ou le dîner ne sera jamais prêt ce soir.

— On aura de bonnes choses, dis, maman? Qu'est-ce qu'on aura, dis, maman?

— Ah, tu ne sauras pas, tu es trop curieuse…

— Oh, si, dis, ma petite maman… et ce gros paquet-là que tu tiens sous le bras, c'est à manger, ou des cadeaux pour Michel et pour moi?

Anne proteste en riant:

— Des cadeaux? Et à quelle occasion, je te prie? Ce n'est pas pour fêter les bonnes notes que vous rapportez de l'école, ton frère et toi, toujours…

— Oh, maman, on ne gronde pas la veille de l'An.

— Ah, tu crois ça, petite masque?

Elles ont quitté les boulevards; elles suivent une rue sombre. Françoise se rapproche de sa mère, lui prend la main.

— Je sais bien qu'on ne travaille pas très, très bien, Michel et moi… Mais on est encore petits… Est-ce que tu travaillais bien quand tu étais petite ?
— Très bien.
— Ah ? Et papa ?
— Ah, je ne sais pas, tu lui demanderas.
— Est-ce que vous ne vous connaissiez pas ?
— Mais non.
— Tiens, comme c'est drôle…
Anne rit.
— Pourquoi ?
— Je ne sais pas.
— Tu es une grosse bête, ma pauvre Françoise…
Tout à coup, une porte s'ouvre ; on entend un bruit de disputes, un rire de femmes ivres, des bouffées de musique ; une vieille femme fardée paraît sur le seuil ; elle pousse des éclats de rire stridents de folle ; sur sa joue déchirée, du sang coule ; elle reste là et titube dans sa toilette tapageuse ; elle a des yeux caves et fixes.

Le barman qui l'a accompagnée jusqu'au seuil lui dit à demi-voix, sévèrement :

— Rentrez chez vous cuver votre vin. Et que ça ne recommence pas, hein ? Le patron ne veut pas de scandale ici. Sans ça on vous interdira l'entrée. Vous devriez être reconnaissante qu'on vous donne à manger… Au lieu de ça, vous faites du tort à l'établissement.

Il referme la porte derrière elle ; elle reste debout, crie des injures et rit. Anne l'a aperçue ; elle prend

Françoise par la main et traverse rapidement la chaussée; la petite fille, effrayée, s'est tue. Dans la rue, on voit briller l'enseigne lumineuse du Willy's Bar.

La femme, en chantonnant et titubant, s'éloigne; elle s'arrête sous le réverbère; elle a le pas incertain et las des vieilles mendiantes qui errent à l'aventure; elle semble dégrisée; elle passe la main sur son front, essuie le sang avec indifférence, puis s'en va plus loin, du même pas hébété. Anne la regarde, clouée sur place.

La petite fille chuchote:

— Qui c'est la dame, dis, maman? Tu la connais, dis, maman? Oh! lâche ma main, maman, tu me fais mal!

Anne, sans répondre, va plus vite, serre la petite contre elle; la voix de Françoise, curieuse, un peu effrayée, appelle:

— Maman, maman, maman!...

Les voix se sont tues. La rue est vide. Les petites lueurs, pauvres et rares, des réverbères vacillent et se dédoublent dans le brouillard d'hiver, entourées d'un halo léger, doré, tremblant comme les lumières qui brillent à travers des larmes.

Écho

— J'étais un petit enfant, dit l'écrivain, et, comme tous les enfants, l'être le plus malheureux, le plus faible au monde. Vous imaginez-vous (je devrais dire : « Vous rappelez-vous ? », mais qui n'est pas ingrat envers son enfance ?...), vous imaginez-vous à quelle intensité de souffrance aveugle peut atteindre un petit enfant innocent chargé dès son plus jeune âge du fardeau de la connaissance, car je crois que certains êtres naissent vieux, lucides et tristes... Vous avez oublié, mais moi, je me rappelle, moi, c'est mon métier, dit-il avec ce sourire que les femmes adoraient.

Il le laissa flotter un instant sur ses lèvres et tourna la tête de façon à le montrer tour à tour aux cinq femmes, assises autour de lui, et à le voir lui-même, reflété dans la vitre sombre. (S'il l'aimait tellement, ce sourire un peu crispé, malheureux et malicieux, implorant la pitié et se moquant de lui-même, c'est qu'il lui rappelait mieux que tout au monde, mieux qu'un portrait, l'enfant qu'il avait été...)

Une femme soupira, et les têtes de renards qui se croisaient sur ses seins se soulevèrent doucement. Une autre secoua légèrement la cendre de sa cigarette, où ses lèvres avaient laissé une trace d'incarnat, et chercha le guéridon voisin pour y poser la tasse de café vide. La femme de l'écrivain la lui prit des mains en faisant involontairement un geste pour recommander le silence, comme lorsque, dans un salon, les violons préludent. Elle avait pris sans effort l'apparence déférente, un peu effacée, des épouses d'hommes célèbres ; elle se fardait peu, tirait en arrière ses cheveux blanchissants, savait marcher sans bruit dans la maison et se taire.

« Elle est admirable », songea la maîtresse de l'écrivain, en les regardant tous deux avec tendresse.

Le salon était éclairé par un feu de bois et une lampe bleue. Une des femmes toucha avec inquiétude, à la dérobée, du bout de son doigt ganté, ses joues où la chaleur du foyer faisait monter le sang.

« C'est odieux, ma figure est rouge, il fait une chaleur », songea-t-elle.

Et elle voulut prendre le petit sac de moire, à sa portée, qui contenait la houppette et la poudre, mais l'écrivain surprit ce mouvement et la regarda, malgré lui, avec sévérité. Elle croisa ses mains sur ses genoux et demeura immobile. Il aimait les femmes déférentes et silencieuses. Il était si beau, songea-t-elle encore en contemplant ce visage si pâle, ravagé, de la blancheur sans éclat particulière à ceux qui se penchent, du matin au soir, sur une page blanche et semblent en garder le reflet sur leurs traits. C'était la première fois qu'elle était admise là, elle, indigne. Une confidence lui revint à l'esprit : « C'est un amant incomparable... »

— Jamais, disait-il, je n'ai raconté cela à personne. C'est une très petite chose, d'ailleurs.

Un bruissement léger, comme le souffle du vent dans les feuilles, passa sur les lèvres des femmes ; elles se penchèrent toutes en même temps, inclinées sous sa parole.

Lui, avec une expression à la fois inquiète et recueillie, de sa main longue et blanche, maniait et abandonnait tour à tour un petit couteau d'ivoire, comme s'il rythmait un chant intérieur. Il parlait à mi-voix, les yeux à demi fermés :

— Je n'étais pas beau. J'étais un enfant chétif, avec de grandes oreilles transparentes, né et élevé à la ville.

Il se tut, non qu'il cherchât ses mots, mais ils lui venaient avec une abondance telle et chacun d'eux lui était si précieux qu'il était obligé malgré lui de s'arrêter et de faire un tri, mentalement, comme lorsque l'on partage des pierres précieuses. (Ceux qu'il garderait pour tel roman, ceux qu'il leur abandonnerait maintenant, les plus grossiers, « les cailloux du Rhin », comme il les appelait, d'autres pour ses maîtresses, d'autres encore, les plus précieux, qu'il se réserverait à lui-même, au rêve intérieur qu'il poursuivait nuit après nuit...)

— J'étais entré dans la chambre de ma mère, à la campagne...

En parlant, il revoyait avec une intensité extraordinaire cette chambre sombre, aux lourdes persiennes bleues où une ouverture était découpée en forme de cœur, rayonnante de soleil. Il avait si souvent décrit sa mère dans ses livres qu'il n'arrivait plus à l'apercevoir derrière les images déformées. Mais il se souvenait de son peignoir de percale, des meubles, d'un petit miroir pendu au mur, des lames jaunes du vieux parquet, de l'odeur fruitée d'une tenture de Perse, du grignotement des souris dans la boiserie ; il se souvenait surtout de lui-même, en culotte de coutil, en petit tablier rose. Son cœur était plein d'amour et de pitié pour lui-même.

— C'était l'été, un des premiers étés que je passais sur la terre, et, pour la première fois, je voyais véritablement le ciel et le jardin. Jusque-là, j'avais vécu au ras du sol, occupé à des pâtés de sable, à des cailloux, à des brins d'herbe. Pour la première fois, ce jour-là, j'avais levé la tête et vu l'éclat du ciel, des roses, j'avais entendu le tendre cri des tourterelles. Mon cœur était blessé d'amour. Concevez-vous, c'était toute la poésie qui s'éveillait en moi. Je marchais ivre, trébuchant, éperdu, l'âme pleine de lumière. Sur un rosier, je vis de palpitantes petites ailes. J'avançai la main et je capturai un papillon blanc, et il me sembla que je venais de m'emparer de toute la beauté, de tout le mystère éclatant de l'été. Je voulus naturellement en faire l'offrande à celle qui avait personnifié jusque-là pour moi l'amour et la sagesse, à ma mère. J'entrai chez elle… Elle se tourna vers moi et me dit simplement :

— Jette cette horreur que tu tiens à la main.

Le papillon était mort. Je vois encore ses petites ailes immobiles. Ma mère prit un livre sans s'occuper de moi. Je compris que le monde était aveugle et cruel, et en cela, du moins, mon instinct ne m'avait pas trompé. Mon cœur était débordant de bonne volonté et personne ne pouvait le comprendre, saisir ce langage mystérieux qui essayait de s'échapper de moi. Ma mère ne me comprenait pas. Je crois que ce petit incident insignifiant a été à l'origine de toute ma vie sentimentale, de mon œuvre où les hommes marchent, parmi leurs semblables, sans être compris d'eux, chacun muré dans sa prison. Le germe d'une vie matérielle, un infiniment petit.

Il se tut un instant, et acheva d'une voix différente :

— Heureusement, tous les enfants ne se ressemblent pas… Mon gros Dominique est bien incapable d'éprouver ces sentiments…

En parlant, il regardait son fils, un petit garçon de cinq ans, beau et frais, aux cheveux blonds, debout devant la large baie de l'atelier. Ce petit enfant lui tournait le dos et contemplait la rue, les lumières orangées qui brillaient faiblement dans les maisons et le ciel gris d'hiver. Un corbillard noir passait. L'enfant le regardait et imaginait ce qu'on lui avait dit, le mort, et la nuit dans la terre.

— Papa, dit-il, qu'est-ce que c'est?

L'écrivain tressaillit. L'idée de la mort lui était physiquement insupportable. Qu'il pût mourir, s'en aller, se dissoudre… L'enfant touchait à la blessure secrète, taboue.

Il dit avec mauvaise humeur:

— D'abord, on ne montre pas les objets du doigt. Ensuite, on n'interrompt pas son père. Puis, tu n'as rien à faire ici. Qu'est-ce que tu fais ici?

Il écoutait ses propres paroles, avec un étrange plaisir, comme si, par sa bouche, l'enfant aux grandes oreilles transparentes, en culotte de coutil et en tablier rose, parlait et se vengeait de l'offense faite autrefois à lui-même. Son fils le regardait sans rien dire. Il songea avec irritation:

— Quand il ouvre la bouche ainsi, ce petit a l'air d'un crétin.

Il dit sévèrement:

— Dominique, ferme la bouche, respire par le nez. Combien de fois faudra-t-il te le répéter, mon pauvre enfant?

Il se tourna vers sa femme:

— Donnez-lui un gâteau et emmenez-le, voulez-vous, ma chérie?…

Magie

En Finlande, pendant la révolution de 1918, nous étions quelques garçons et jeunes filles qui nous amusions, le soir venu, à faire tourner les tables. Nous habitions en pleine forêt, et c'était l'hiver : là-bas, l'été ne dure que trois mois. Or, dès que le crépuscule tombait, les sentiers de la forêt devenaient dangereux : les rebelles fuyards se cachaient derrière les arbres, dans les ravines pleines de neige, et les soldats de l'armée adverse les poursuivaient, les traquant de taillis en taillis. Des coups de feu étaient échangés, et si une balle perdue touchait un voyageur russe qui s'était réfugié dans ce pays, loin de sa révolution à lui... eh bien! nous n'avions pas de consul pour nous défendre ou avertir notre famille d'un trépas prématuré.

Dans ce village, nous formions une petite colonie russe qui vivait, tant bien que mal, dans une vieille maison de bois, une pension de famille, ancienne, délabrée, formée de chambres vastes et noires et de grands salons vides. L'un d'entre eux avait été réservé à la jeunesse; nos parents jouaient au bridge ou au whist dans les pièces voisines.

L'électricité avait été coupée dès le mois de novembre; on nous accordait six bougies par soirée : quatre éclairaient les tables des joueurs, deux la nôtre. Imaginez-vous une pièce immense, basse de plafond, avec des fenêtres en forme de corbeilles, sans rideaux ni volets, les vitres couvertes de glace; il y avait un piano dans un coin, sous une housse de coutil gris, un miroir au mur dans un grand cadre de bois, un placard où quelques tomes dépareillés de Balzac voisinaient avec des pots de confiture, hélas, vides pour la plupart, et, enfin, au milieu de la pièce, un guéridon.

Nous nous asseyions tous autour de cette table; les deux bougies étaient fichées dans des bouteilles. Comment décrire le silence de ces nuits du Nord, sans un souffle de vent, sans un gémissement de roues, sans un cri joyeux sur un chemin, sans un appel, sans un rire? Parfois seulement le sec et léger claquement d'un coup de feu dans la forêt ou les pleurs d'un enfant réveillé dans les chambres du haut. Alors, on entendait la mère jeter les cartes et courir vers l'escalier, et le bruit de sa longue robe se perdre dans les couloirs. Ils étaient interminables, glacés, sinistres, ces couloirs. À l'ordinaire, nous nous arrangions pour monter chez nous tous ensemble, tous à la fois; nous les traversions en groupe, en riant, en chantant, le cœur étreint d'effroi.

Je ne sais si l'état nerveux dans lequel nous nous

trouvions en était la cause, ou si ce fut l'œuvre de mauvais plaisants, mais jamais je ne vis tables plus légères, plus facilement cabrées sous nos mains, jetées d'un mur à un autre, tanguant comme une barque sous un vent de tempête, faisant enfin un tel tapage que nos parents venaient nous supplier de trouver un autre amusement. Ils disaient que les chocs de cette maudite table et le bruit des coups de fusil étaient vraiment plus qu'ils ne pouvaient supporter et que la vieillesse méritait des égards.

Nous avions donc modifié au bout de quelque temps et perfectionné notre méthode. Voici comment nous procédions : nous inscrivions l'alphabet sur une feuille de papier ; nous placions au centre une soucoupe renversée, marquée d'un trait de crayon ; nous appuyions très légèrement l'extrémité des doigts sur le bord de cette soucoupe et elle allait d'une lettre à une autre, formant des mots et des phrases à une vitesse prodigieuse.

Personne de nous — car nous avions de quinze à vingt ans, l'âge du scepticisme —, personne ne croyait à une manifestation surnaturelle, mais nous pensions avec raison que l'obscurité, le silence et sans doute aussi le danger, dont nous commencions à avoir l'habitude, mais qui, depuis des mois, nous tenait en haleine, nous pensions que tout cela suffisait pour faire jouer les forces inconscientes de nos âmes et nous permettait de percevoir avec plus de force et de subtilité qu'à l'ordinaire nos désirs, nos penchants secrets, nos rêves. En effet, vous pouvez vous imaginer qu'il n'était question que d'amour, et, inlassablement, la soucoupe magique dévoilait, commentait, précisait nos espoirs et nos plaisirs.

Or, ce soir-là, c'était le 6 janvier. En Russie, c'est la nuit où les jeunes filles sortent sur le pas de leur porte et demandent leur nom aux passants, et ce nom est celui de leur fiancé encore inconnu. D'autres jettent de la cire brûlante dans l'eau froide et cherchent à deviner, d'après la forme qu'elle prendra en se solidifiant brusquement, ce que sera leur destin. Des images grossières de croix, d'anneaux ou de couronnes sont parfois retirées de l'eau. Il y a bien d'autres jeux, mais nous préférions à tous celui qui nous retenait déjà depuis tant de soirs dans ce salon glacé.

Ce fut alors que l'un d'entre nous — nous l'appellerons Sacha — et qui était un garçon de vingt ans, demanda :

— Esprit, dis-moi quel est le nom de la femme qui m'est destinée.

Sacha faisait la cour à une jeune fille blonde et robuste qui s'appelait Nina. Nous pensions donc tous que l'esprit, docilement, allait inscrire ce nom, mais la soucoupe tourna très vite sous nos doigts et nous lûmes : Doris.

Ce nom, assez commun en anglais, n'existe pas en russe.

Nina dit avec une certaine nervosité :

— C'est une blague ? Je vous ai entendues rire.

Elle me désignait, ainsi que ma voisine. Nous protestâmes de notre bonne foi.

— Recommençons. Que l'esprit répète le nom !
— D.O.R.I.S., lut Sacha tout bas.
— Le nom de famille, réclamâmes-nous.
La soucoupe donna les lettres :
— W.I.L.L.I.A.M.S.
Nina s'exclama en haussant les épaules :
— Vous avez choisi ce nom dans un roman anglais ! C'est stupide ! Avouez que c'est une blague ?...

Rien ne put la détromper. Elle repoussa violemment sa chaise.

— C'est idiot ! Trouvez autre chose ! Qu'est-ce qu'on fait ?

Je proposai, assez timidement, parce que j'étais la plus jeune et seulement tolérée parmi eux :

— Les miroirs ?

Ceci est encore une distraction pour le soir du 6 janvier. On reste seul, dans une chambre sombre. On place deux bougies devant un grand miroir et deux glaces plus petites, l'une à droite, l'autre à gauche de votre tête. On attend. On attend que sonne minuit. Les flammes des bougies forment un long chemin sinueux et sombre dans la glace. Au bout de quelque temps, vous cessez d'apercevoir votre propre visage, pâle et anxieux. Du fond du miroir des ombres surgissent et vous leur donnez la forme de vos rêves.

Ainsi fut fait. Chacun de nous, à tour de rôle, resta seul devant son image ; les autres attendaient dans l'obscurité du couloir, se pressant à la porte et racontant tout bas des histoires de fantômes, pour hausser davantage encore, si possible, le ton de la soirée.

Quand ce fut le tour de Sacha de sortir de la pièce, il paraissait interdit et effaré. Il dit :

— Je vous jure, je ne me fiche pas de vous, mais j'ai vu une figure de femme. Elle souriait. Elle portait un petit chapeau noir avec des roses et elle faisait le geste d'ôter un voile ou de soulever une voilette, je ne sais quoi…

— As-tu vu sa figure ?

— Un instant seulement, et puis tout a disparu…

— Était-elle jolie au moins ?

Il paraissait si absorbé qu'il ne répondit pas. Je vous laisse à penser les taquineries qui suivirent et que Nina supporta avec plus d'impatience encore que lui.

Puis… le temps passa. Un long temps. Des années. De ces Russes, quelques-uns rentrèrent dans leur pays et disparurent ensuite comme jetés au fond de l'eau. D'autres vinrent à Paris, et parmi eux Sacha et Nina, qui s'étaient mariés quelques mois après ce 6 janvier, à Helsingfors.

Je les voyais souvent. Ils ne paraissaient pas malheureux. Pas heureux non plus, je dois le dire. Mais un émigré russe, pris entre le souci de trouver du travail, les dettes à payer et la carte d'identité à renouveler, n'a guère le temps de songer à son bonheur conjugal. On vit ensemble parce qu'on a commencé ainsi, un beau jour, et les années passent peu à peu, tant bien que mal.

Un jour, chez des amis communs, je rencontrai

Sacha. Le soir, il me raccompagna chez moi. C'était en automne, et il me dit :

— Tu ne sais pas ? J'ai trouvé Doris Williams.

Il n'eut pas besoin de me donner d'autres explications. Je me rappelai tout à coup, avec une précision extraordinaire, le grand salon sombre et nu, la glace pendue au mur et ce vieux guéridon de sapin jaune…

— Où cela ?
— Chez…

Il me nomma des Russes que je connaissais.

— Je suis entré, dit-il. Une femme était là et elle portait un chapeau noir avec des roses. Elle prenait une cigarette quand je suis entré, et pour l'allumer, elle a soulevé une courte voilette noire. J'ai pensé : « Où l'ai-je vue ? » Je n'arrivai pas à retrouver ce souvenir… J'ai appris que c'était une journaliste anglaise ; elle n'était plus très jeune : elle devait avoir une quarantaine d'années. Elle nous dit qu'elle avait beaucoup voyagé, et chacun des pays qu'elle connaissait, j'y avais séjourné ou je l'avais traversé dans mes pérégrinations, pendant ou après la révolution, mais jamais en même temps qu'elle. J'étais en Perse en 1919, et elle en 1921. J'étais à Bournemouth pendant huit jours, il y a trois ans, et elle en avril dernier. Enfin, nous nous sommes manqués de quarante-huit heures à Salzbourg, il y a quatre ans. Comme elle se levait pour partir, tout à coup, je me rappelai cette nuit en Finlande, et je dis : « Vous vous appelez bien Doris Williams, n'est-ce pas ? » Elle parut surprise: «C'était mon nom de jeune fille. Je suis mariée maintenant.» Elle est partie. Je l'ai laissée partir.

— Doris Williams est un nom très commun, dis-je pour le consoler.

Il s'efforça de sourire.

— Oui, n'est-ce pas?

— Et pourtant, dis-je, si...

Il répondit, en haussant les épaules:

— Je suis marié. J'ai des enfants. Au diable le destin! Il s'est prononcé trop tard.

— Bah, si vraiment il est écrit que tu dois être à cette femme et elle à toi, vous vous retrouverez encore...

— Dieu m'en garde, murmura-t-il. Ma vie est assez dure et assez difficile pour ne pas y mêler des sentiments ou des passions.

— Tu la rencontreras, dis-je.

Et pourtant, c'est lui qui avait raison. J'ai lu ce matin que l'on avait trouvé à Londres, dans son appartement, le corps d'une jeune femme, journaliste de profession, Doris Milne-Williams, qui s'est donné la mort. On précise qu'elle avait des chagrins intimes et qu'elle vivait séparée de son mari. Il a dû y avoir quelque part, dans les fils que tisse le destin pour nous, une erreur, une maille manquée.

En raison des circonstances

Ils étaient passés, ces soirs de septembre, au commencement de la guerre, quand sur la ville déserte et chaude, dans un ciel de cristal vert, montaient et nageaient lentement les «saucisses» argentées, comme de gros poissons aveugles. C'était l'hiver maintenant. Paris formait un abîme noir au-dessous du firmament qui, par contraste, paraissait presque loin. Malgré l'heure, malgré la pluie, malgré la brume, une peureuse lumière palpita à une lucarne[1] et s'éteignit. Paris, assoupi, prêt à tout, ses armes auprès de lui, respirait doucement dans l'ombre.

La mère ne pouvait pas dormir. Elle marchait de la porte à la fenêtre dans le salon obscur et elle pensait à Aline, à sa fille aimée, qui s'était mariée le matin même. Une journée fatigante, songeait Marie-Louise Seurat. Décembre bientôt, et il fait chaud, presque étouffant. Certes le mariage avait été célébré dans

---

1. Ce mot est peu lisible sur le manuscrit, mais une rédaction biffée de cette même phrase indique: «une lucarne brilla et s'éteignit vivement». (*N.d.É.*)

l'intimité et il n'y avait eu ni réception ni lunch. Une brève cérémonie à la mairie; une messe, une coupe de champagne pour les témoins et les parents du fiancé. Malgré cela, elle était harassée; elle avait failli se quereller avec Aline qui s'était coiffée à la diable, habillée on ne savait comment. Le jour de son mariage... Étrange enfant! Et elle ne semblait rien regretter, ni les demoiselles d'honneur, ni le voile, ni rien de l'appareil solennel un peu ridicule et touchant des unions bourgeoises. Et dans quarante-huit heures, elle serait seule, pauvre petite, car Gilles repartait dès lundi, pour la guerre. Enfin, la petite avait voulu. Il ne servait à rien, de nos jours, de raisonner la jeunesse.

« Voici que je parle comme ma mère à moi », pensa tout à coup Marie-Louise Seurat, se rappelant des soupirs semblables échappés de lèvres depuis longtemps closes... Depuis longtemps? Pas si longtemps que cela. C'était pendant l'autre guerre. « Je suppose que pour Aline les années de l'autre guerre, ce sont des temps préhistoriques? »

Un sentiment d'aigreur légère et de tendresse contractée, douloureuse, envahit son cœur. Elle essuya quelques larmes. Son mari l'appela de la chambre voisine:

— Est-ce que tu ne viens pas te coucher?
— Tout à l'heure, tout à l'heure, répondit-elle.
— Mais que fais-tu?
— J'écris une petite note pour *Le Figaro*.
— Tu ne penses pas, fit Georges d'une voix

patiente et lasse, que tu auras le temps de l'écrire demain ?

Elle ne dit rien : souvent, il lui fallait se taire une seconde avant de répondre à son mari, parce que, malgré elle, un mouvement de colère la traversait lorsqu'elle entendait la voix humble et amoureuse, et pour rien au monde elle n'eût trahi ce singulier et inexplicable ressentiment. Cher Georges... si bon... elle l'aimait tant... Ils formaient un ménage modèle. « Les Seurat, vous savez bien ? Oh, des gens charmants, si unis... » Oui, ils étaient très unis. Mais il avait une manière de s'adresser à elle, timidement, avec révérence, avec résignation, comme à une divinité capricieuse et un peu redoutable, qui l'agaçait. Oui, c'était cela, elle était agacée, ce soir. Cher Georges... elle l'aimait tant.

Elle compta mentalement jusqu'à cinq et dit gaiement :

— Je viens, mon chéri.

C'était une femme blonde, douce, un peu grasse, avec de beaux yeux bleus, tendres, à peine alourdie par quatre maternités. Sa bouche était gourmande et bonne, ses grands yeux bleus avaient une expression malicieuse et candide. Son nez était petit, son menton un peu fort : elle paraissait indolente. Un sourire affable et gracieux, plutôt résigné que brillant, était posé sur ses traits ; elle ressemblait à une pêche savoureuse et meurtrie, enrobée de sucre et de crème : un plat excellent quoiqu'un peu fade jusqu'à ce qu'on pénètre au cœur même du fruit, à cette amande un peu amère qu'il recèle. Elle avait de beaux bras ronds, une taille moelleuse, marquée de trois cercles de bistre qui griffaient la peau fine. Elle portait un peignoir de velours très chaud et très long, en prévision des alertes nocturnes ; une résille de soie retenait ses cheveux.

— Viens, chérie, répéta au bout d'un instant la voix de Georges.

Elle poussa un imperceptible soupir, revint dans la chambre à coucher, s'assit au bord du lit.

— Voyons, que dirais-tu de… « Le mariage de Monsieur Gilles Barcy avec Mademoiselle Aline Pecquet a été célébré le 28 novembre dans la plus stricte intimité, en raison des circonstances… » ?

— C'est parfait, ma chérie…

Distraitement, elle caressa les fins cheveux gris de Georges.

— Quel vide dans cette maison…

Les trois autres enfants étaient à la campagne, à l'abri. Qu'il paraissait grand et silencieux, cet appartement parisien. Georges Seurat n'avait pu quitter Paris, retenu par son travail, et Marie-Louise n'eût pas voulu le laisser seul : il était de santé délicate et si triste, si perdu, elle le savait. Mais son cœur était avec les trois garçons, demeurés seuls. L'aîné avait douze ans, le plus jeune, sept.

— Aline te tiendra compagnie quand son mari sera parti…

— Oh, Aline…

— Elle t'adore…

— Elle a bon cœur mais elle est si peu expansive...

— C'est sans doute, dit Georges d'une voix un peu basse, un peu pâle comme toujours lorsqu'il abordait le sujet brûlant, le sujet défendu, c'est sans doute le caractère de son pauvre père...

Après treize ans d'union, songea Marie-Louise, mon premier mariage est encore une source d'émoi, de chagrin pour lui. Il ne veut pas m'en parler, et malgré lui... S'il savait comme tout cela est loin de moi, était loin, du moins, jusqu'à ces derniers jours.»

Lorsque Georges lui parlait de ce temps aboli, elle détournait la conversation, en général, comme on empêche un chien de mordre sa patte blessée. Il était encore aujourd'hui... son vieux mari... jaloux, et jaloux d'un mort. Parfois, elle répondait doucement : « Il est mort, chéri... », ce qui pouvait signifier : « Je ne peux pas le blâmer, ni me plaindre de lui puisqu'il est mort », mais elle le disait sur un ton rassurant, comme si elle eût rappelé à Georges qu'il n'avait rien à craindre désormais que le rival inconnu, le premier mari, le père d'Aline était mort.

Ce soir, elle avait envie de parler de ce premier mariage. Il était trop semblable à celui d'Aline.

— Elle recommence la bêtise que j'ai faite, dit-elle.

— Oh, la bêtise, murmura Georges d'un ton humble et avide.

Elle comprit ; elle répéta fermement :

— Oui, une bêtise. On n'épouse pas un ami

d'enfance que l'on considérait jusque-là comme un bon camarade, une espèce de cousin et pas autre chose, simplement parce qu'il y a la guerre. Tu sais, moi...

Elle se tut.

Il était extraordinairement attentif, assis sur son lit, les yeux baissés mais la bouche frémissante. Elle le regarda ; il est si rare que l'on regarde vraiment, profondément un homme qui vit avec vous, qui dort avec vous depuis quinze ans. Qu'il était maigre et pâle, et précocement vieux, et consumé par quelque secret tourment. Pauvre Georges. Il était si soucieux ; il était accablé d'affaires. Dans les moments les plus heureux, il se préoccupait de ce qui pourrait advenir de funeste. Il redoutait la maladie aux heures de santé, la ruine aux époques prospères ; il attendait la guerre depuis l'avènement de Hitler, chaque année aux premiers jours du printemps. Maintenant qu'elle était là, il semblait plus calme : tout était perdu, il n'y avait plus rien à faire. Mais vraiment, il avait vieilli de dix ans, songea sa femme en lui prenant la main. Ils demeurèrent un instant sans parler, tandis qu'au-dehors les douze coups de minuit sonnaient doucement sur la ville noire.

— Je pensais tout à l'heure que le ciel avait l'air de s'éclairer. Pourvu qu'il n'y ait pas d'alertes... Ils sont idiots, ces petits, d'avoir voulu passer la nuit à Paris, mais c'est l'âge où un soupçon de danger fait tant de plaisir, donne tant de saveur à l'amour, dit-elle plus bas.

— Il n'y aura pas d'alerte. Comme tu es émue.

On était tout étonné parfois d'entendre ces bruits familiers : l'horloge du lycée Jeanson-de-Sailly, dans le silence noir, et dans l'appartement désert, ce bruit qu'autrefois on n'entendait pas : le râle des conduites d'eau. En général tous les bruits sont bien plus forts qu'autrefois : des pas dans l'appartement du dessous où seule une vieille bonne demeure, ce pas qui résonne si fort parce que les tapis ont été enlevés.

— J'ai du chagrin que cela se passe ainsi, qu'Aline n'ait pas eu sa part, son lot de bonheur, ferme, innocent, des fiançailles, des réceptions, des cadeaux, le cortège à l'église. Elle n'a même pas été fiancée quinze jours…

Il protesta doucement.

— Oh, quinze… Cet automne, lorsque Gilles est parti, il n'y avait rien entre eux.

— Mais si, Georges. J'en suis sûre. Voyons, je me serais bien doutée tout de même. Puis quelques lettres, et le 19 novembre exactement, elle nous a annoncé qu'ils allaient se marier. Tout ce que nous avons pu dire ou faire. Ils se sont mariés aujourd'hui, 29 novembre ; ils ont été fiancés quatorze jours.

— Mais cela n'a aucune importance. Ils se connaissaient bien avant.

— Oui, comme on peut connaître un ami, un bon camarade. Qu'est-ce que cela a à faire avec l'amour, je te demande ? Et il est si jeune !… C'est bien simple : elle se retrouvera, dans six mois, mariée à un inconnu. Tu ris, Georges ! Il n'y a pas de quoi rire, je t'assure. C'est mon histoire qui recommence là.

Il baissa les yeux.

— Tu sais, dit-il, en articulant les mots avec difficulté, que tu ne m'as jamais raconté exactement... ton premier mariage.

— Mais est-ce que j'y pensais seulement? murmura-t-elle en levant les épaules avec une expression lasse et irritée. Les hommes ont une mémoire terrible. Une femme, tu sais, ça oublie si bien... Le bonheur et le malheur.

— Mais tu n'as pas été heureuse, n'est-ce pas ? Tu n'as pas été heureuse ?

— Mais non, non.

Elle chercha par quel geste véhément elle eût pu donner plus de poids, plus d'intensité à ses paroles. Elle répéta, «non», en coupant l'air de sa main serrée comme si elle tranchait le passé et le rejetait dans le néant.

— Tu le sais bien, voyons, Georges, je te l'ai dit...

— Tu crois l'avoir dit. Mais couche-toi, tu prends froid, dit-il d'un accent de prière.

Elle, toutefois, ne pouvait demeurer en place; elle allait et venait, nerveusement. Elle entra dans la chambre d'Aline, s'approcha du lit vide. Puis elle ouvrit la fenêtre, contemplant une fois de plus cette nuit de gouffre qu'on ne se lassait pas, dans les premiers temps de la guerre, de regarder d'en bas, de la rue. Cela ne donnait pas une impression d'obscurité si profonde que de ce sixième étage. Des souvenirs de l'autre guerre ressuscitaient en elle. Pourquoi avait-elle dit à Georges qu'une femme oubliait facilement le passé ? Elle pensa tout à coup qu'elle lui mentait souvent ainsi sans raison autre qu'une espèce de pudeur. Eh non, on n'oublie pas. Une femme n'oublie rien, au contraire, et c'est bien plus fort, bien plus terrible que chez les hommes, songea-t-elle, car ce n'est pas notre raison qui se souvient, mais les profondeurs mêmes de la chair.

Ainsi, j'ai oublié... oui, mais... encore maintenant, parfois, à un coup de sonnette plus fort, prolongé, plus brutal, je sens mon cœur battre. Je me souviens des coups de sonnette impérieux de René, les soirs où il arrivait en permission, sans être étonnée... Et cette sensibilité particulière au temps qu'il fera demain... quand je devine sans jamais me tromper, la pluie ou la neige, pour la nuit, on en rit, Georges le premier. S'il savait combien de soirs je suis restée ainsi qu'aujourd'hui à la fenêtre, sentant presque dans mes os le froid qu'il faisait dans la tranchée, l'humidité qui le transperçait, lui.

Elle entendit la voix inquiète de Georges.

— Prends garde. Je suis sûr qu'on voit la lumière...

— Mais non, voyons.

Elle tira les rideaux, revint dans la chambre, se coucha.

— Tu ne peux pas dormir ?

— Non. Toi non plus, Georges. Allume, veux-tu ?

Il obéit. Elle se sentait glacée ; elle claquait des dents.

« J'ai un peu de fièvre », songea-t-elle.

Elle ne le dit pas. Mon Dieu, si Georges la croyait malade, quelle histoire !... Elle n'avait jamais été alitée un jour, pendant leurs treize ans de mariage, sauf pour la naissance des enfants. Elle n'avait pas le droit de lui manquer à ce point. Il lui semblait parfois qu'elle lui insufflait sa propre santé, sa vigueur, et que le jour où elle cesserait de le faire il mourrait. Il dépendait d'elle.

C'était bizarre. Ceux qui le connaissaient le jugeaient un homme froid, distant, un peu sévère. Elle seule savait que sur ce cœur elle régnait sans partage.

La lampe allumée, elle lui sourit.

— Tu voudrais connaître toute cette vieille aventure, hein ? fit-elle brusquement.

De nouveau, il baissa les paupières. Il ne la regardait jamais en face lorsqu'il lui parlait du passé.

— Eh bien, tu sais que René et moi nous étions amis d'enfance comme Aline et Gilles, et jamais je n'avais eu pour lui une pensée d'amour. Puis, en 1914, il est parti et alors, le temps, la distance, les dangers qu'il courait, tout cela a transformé le souvenir que j'avais gardé de lui, l'a mêlé de respect... Je ne sais comment te dire... Tu te rappelles ? C'était alors comme aujourd'hui. Un homme ordinaire partait. On était sûr, on ne savait pourquoi, que là-bas, il devenait surnaturel, un héros, et c'était bien la vérité, il devenait étrangement, terriblement un autre. Ainsi, je me souviens de sa première permission. Ses parents étaient âgés. Ils avaient toujours eu l'existence la plus tranquille. Pour fêter le retour de René ils lui payèrent le cirque, ainsi qu'à sa sœur et à moi-même. Ils avaient longtemps cherché ce qui pourrait procurer le plus de plaisir à leur fils, et ils avaient trouvé le cirque, comme à huit ans. Je crois que je n'oublierai jamais cette soirée, cette loge rouge et or, ces chevaux luisants avec leurs plumes roses sur la tête, et René entre deux gamins, la figure crispée par les bâillements qu'il retenait ! Et les parents murmuraient derrière nous : « Mais il n'a pas l'air de s'amuser ! Qu'est-ce qu'il a ? Comme il est difficile maintenant de lui faire plaisir… ! » Moi, ce soir-là, je crois, je me suis sentie, pour la première fois, amoureuse. Je mesurais si bien la différence énorme qu'il y avait entre nous. Le cirque m'amusait encore, mais lui ! C'était un homme, un héros victorieux ! Qu'il me paraissait beau et que je l'aimais. Et il était beau et digne d'être aimé, fit-elle sans remarquer le frémissement qui parcourait le maigre visage de Georges ; seulement je me trouvais si loin de lui, si loin, que nous n'arrivions pas à nous comprendre. Tout ce qu'il avait vu, tout ce qu'il avait enduré, toutes ces habitudes nouvelles, tous ces désirs nouveaux, et moi, je demeurais la même. Je n'avais pas été arrachée de ma famille pour être jetée dans l'enfer, moi ! Je n'avais pas dormi dans la boue, je n'avais pas vu le sang, pas de morts. Alors, avec lui, j'avançais à tâtons dans les ténèbres, sans comprendre. Je lui parlais du passé, de nos petites joies, de nos querelles. Il avait une manière de me regarder...

Elle se tut. Elle revoyait dans sa mémoire ce visage qui en août 1914 avait été celui d'un garçon joufflu, aux joues brunes et roses, qui s'était transformé peu à peu en un masque osseux et dur. Comment exprimer, comment expliquer à Georges ce regard de René, son ironie, son désenchantement et une profonde et virile colère, à certaines des paroles qu'elle disait, et à d'autres moments cette tendre, cette méprisante pitié...

— Nous nous sommes mariés. Il me trouvait charmante, très fraîche. « Quand je t'embrasse, il me semble que je bois un verre d'eau de source », disait-il. Mais à chacun de ses retours il devenait encore plus étrange, plus lointain, plus étranger. Il ressemblait au René de 1914 comme un homme ressemble à l'enfant qu'il a été. Au fond, je te dis beaucoup de paroles pour expliquer une chose si simple. Nous avions eu le même âge. Maintenant il était vieux. Peut-être l'âge que l'on a se mesure-t-il moins au jour de la naissance qu'à celui de la mort ? Il devait mourir à vingt ans. Il semblait que quelqu'un se hâtait de l'amener à maturité pour le cueillir vite, comme un fruit. Et moi, comme j'étais maladroite. Tantôt je lui parlais de la guerre ; il répondait avec mauvaise grâce et le plus souvent il ne répondait pas. Tu te rappelles, même après, lorsque tout fut fini, les anciens combattants ne parlaient jamais de la guerre.

Et on les louait beaucoup pour leur réserve, pour leur pudeur. Parfois, j'ai pensé que s'ils ne parlaient pas, c'est que personne, au fond, ne les questionnait. Nous, les femmes, nous ne les interrogions pas, parce que, d'abord nous avions peur : c'était trop sauvage, trop horrible, trop triste et cruel... Et ensuite une femme est toujours jalouse de la guerre. Qu'ils puissent vivre sans nous, qu'ils se consolent avec leurs camarades et leur métier, que ces mains accomplissent une œuvre de mort, qu'ils existent sans caresses, sans être dorlotés, soignés, cela nous choque et nous révolte, comme si nos enfants nous abandonnaient. Je tâchais sans cesse de le ramener vers moi, vers les petites choses, les petites pensées, les devoirs étroits, ces déjeuners du dimanche en famille, et le nouveau petit chapeau, et les histoires de domestiques, et les bons petits plats qu'il aimait. S'il avait été plus vieux seulement, non d'âme mais de corps, s'il avait été mon mari depuis quelques années, si j'avais déjà eu le temps de le façonner, de le féminiser, de l'attendrir — tu sais, les femmes excellent à cela — ah ! j'aurais été plus forte que le métier, plus forte que la guerre. Mais ce n'était pas ainsi. Il avait une conception de la vie pathétique, brillante et dure, qui me consternait. Tout ce qui était raffinement, tendresse, luxe, il avait une manière de balayer cela de la main en disant : «Aucune importance ! » C'étaient ses mots favoris. Il les prononçait vite et bas entre ses dents serrées. Pour lui, ce qui avait de l'importance, c'était la peine des hommes, leurs conditions de vie, l'avenir de la France, l'après-guerre. Moi, je suis une simple femme. Ce qui me plaisait, c'était les petites choses humbles de la vie : les robes, les fleurs, les bavardages, la flânerie.

Elle jouait distraitement avec le bord du drap. Elle songeait : « Dans l'amour, c'était une autre femme qu'il souhaitait, passionnée et grave. Et il avait un tel appétit de vivre. Il pressentait sa mort. Qu'était-ce pour lui, une femme, une seule pauvre femme, la sienne ? Un jour, il me dit : "Je ne peux plus lire de livres de voyages." Je répondais : "Mais nous voyagerons." Alors, lui : "Non, non, trop tard." »

Elle dit à voix haute :

— Ah ! on ne devrait jamais vous laisser ! on devrait vous garder sans cesse comme des enfants auprès de soi ! vous empêcher de prendre vos plaisirs d'homme, vos joies cruelles.

— Tu m'as gardé...

Elle murmura :

— Oh, toi...

Elle parut revenir à elle. Peu à peu son visage pâle et contracté retrouva son air de douceur aimable, de gaieté légère, son sourire.

— Certainement, toi, mon chéri, tu es un époux modèle. Tu m'as rendue très heureuse. Le sort me devait cette compensation. Mais ce pauvre René... J'ai pensé parfois que s'il n'avait pas été tué en 17 il aurait fini par me quitter. La vie bourgeoise lui faisait horreur. À sa dernière permission pourtant...

Elle détourna les yeux et acheva très vite :

— Comme il était tendre, ce dernier soir... «Tu verras, mon petit, je reviendrai et nous serons heureux ensemble. C'est toi qui as raison, disait-il. Tous, là-bas, nous commençons à croire que ce sont les obus, les torpilles, les flammes qui sont les seules réalités, et vous paraissez si petites, alors, avec vos petits soucis, vos petits bonheurs. Et, parfois, la colère nous prend. On voudrait secouer les gens par les épaules, leur dire: "Mais, brutes imbéciles, comment pouvez-vous continuer à vivre, à manger, à dormir, quand il y a ça, cet enfer où on nous plonge et d'où on nous retire à dates fixes comme des poissons d'un aquarium... Et vous, ce sont les mailles de vos bas qui sautent, et le gâteau qui n'était pas assez cuit, et la tante Lucie qui sera froissée si je ne vais pas lui rendre visite?" Mais, au fond, c'est vous qui avez raison, c'est toi! La guerre n'est qu'un accident. La mort n'est qu'un accident. Ce qui reste, ce qui est éternel, ce qui ne passera pas, c'est cela, cela et cela», disait-il, et il touchait, je me rappelle, la dentelle de ma chemise de nuit, les draps brodés et un dessin de fleur sur la cretonne des murs. C'était sa dernière permission. Il a été tué le mois suivant. Quand j'ai eu Aline...

Elle s'interrompit, regarda Georges d'un air plaintif et étonné.

— Je n'ai jamais su comment prendre Aline. Tu me disais qu'elle ressemblait à son père? Non, c'est moi qui étais la même dans mes manières d'être, avec l'un et avec l'autre, avec le père et avec la fille.

J'avais reporté sur Aline les sentiments d'amour maladroit et d'effroi que m'inspirait mon mari. Je voulais sans cesse la rapprocher de moi, la faire semblable à moi. Avec les autres enfants, j'ai été plus sage, n'est-ce pas ?

— Tu es la meilleure des mères. Les enfants t'adorent.

— Je n'ai jamais su prendre Aline, répéta-t-elle tristement.

Ils demeurèrent silencieux.

— En somme, j'ai eu une triste jeunesse, dit-elle.

Il songeait : « Moi, si je l'ai tellement aimée, c'est peut-être à cause de ce héros mystérieux qui l'avait possédée ! Car, moi, je n'ai pas fait la guerre. Oh, ce n'était pas ma faute. J'avais toujours eu une santé délicate. On m'a envoyé gratter du papier dans un bureau à Carcassonne. Je ne pouvais rien faire de mieux. Mais lui, son mari, était un guerrier. Je connaissais sa conduite au feu, ses citations, son calme, son courage. Je l'admirais. Je le jalousais. Et voici que cette femme, il n'a pas su la rendre heureuse, tandis que moi. »

À voix très basse, presque honteuse, il murmura à son oreille :

— Mais lorsqu'il a été tué tu l'aimais, bien entendu... Mais tu n'étais plus... tu n'étais plus amoureuse, Marie-Louise ?

Elle tourna vers lui un regard distrait et brillant.

— Est-ce que je pense encore à tout cela ? dit-elle avec impatience. Je ne pense qu'à Aline, en cet instant; j'ai peur pour elle. Pourvu que Gilles la comprenne! Pourvu que Gilles soit un bon mari! Qu'elle soit aimée, ma petite fille! Qu'elle soit la première dans son cœur! Qu'il n'ait pas d'autres désirs, d'autres rêves que celui de la rendre heureuse comme tu as su me rendre heureuse, chéri.

Elle le sentit frémir contre elle.

— Marie-Louise, je n'ai vécu que pour toi... Mon travail, mon ambition, ma réussite sociale, matérielle, que sais-je? Tout cela n'était qu'en fonction de ton existence, de ton bonheur... Les enfants, eh bien, les enfants eux-mêmes me sont chers d'abord parce qu'ils sont de toi, et tu le sais! Tu sais que j'aime également les garçons et Aline dont je ne suis pas le père. Comprends-tu, sens-tu que peu de femmes ont été adorées aussi follement que toi? M'en as-tu un peu de reconnaissance? dit-il plus bas. Tu parlais de ce pauvre René...

Elle ne put réprimer un mouvement d'irritation. Pourquoi disait-il toujours «ce pauvre René»? Il n'eût pas aimé cela! Il était si orgueilleux. C'était une marque de dédain, songea-t-elle. Il ne lui inspirait pas, ce garçon mort si jeune, la pitié étrange que l'on éprouve envers les morts! Elle l'imaginait glacé, hautain, indifférent, mais vivant encore, quelque part auprès d'elle dans les ténèbres, les regardant avec son sourire étrange et cette sombre colère au fond de ses yeux. Comme elle l'avait vite oublié. Comme elle avait dansé après la guerre! Comme elle s'était vite remariée! Quel appétit de vivre! «René, je l'ai à peine connu, je l'ai à peine aimé, pensait-elle, nous avons été séparés si vite. » Et parfois avec une sourde colère, elle avait songé : « Qu'aurait-il voulu de moi ? Que je lui demeure éternellement fidèle ? Pourquoi ? Parce qu'il est mort à la guerre ? La guerre est une chose, et la vie en est une autre. Et pourquoi se moque-t-il de Georges ? pensait-elle comme si René eût été vivant : Georges est faible, mais il est bon et il m'aime. Les femmes ont besoin d'être préférées. Ce ne sont pas des êtres d'acier et de feu que nous voulons serrer dans nos bras, mais des hommes simples et amoureux. Un héros ? Pour qu'il aime l'aventure, la guerre, la camaraderie plus que nous ? Non merci, non merci ! C'est drôle, nous voulons bien avoir des héros pour fils, mais pour amants... ou alors, qu'ils oublient pour nous leur héroïsme, qu'ils nous mettent au-dessus de lui et avec lui, qu'ils nous l'apportent en hommage. Non, je n'ai pas aimé René, pensa-t-elle. Je n'ai pas été heureuse avec lui. »

Elle s'aperçut tout à coup que Georges continuait à parler avec beaucoup de chaleur, mais elle n'avait entendu que le son de sa voix, et non le sens des paroles.

— Dis, tu sais qu'il est trois heures ?

Il se tut.

— Ouvre la fenêtre, veux-tu ? J'ai oublié...

Il se leva et alla, pieds nus sur le tapis, ouvrir la fenêtre à tâtons. Quand il revint auprès d'elle, elle dormait déjà.

À huit heures, un coup de téléphone réveilla

Marie-Louise. C'était Aline. Elle partait avec Gilles. Elle l'accompagnerait, disait-elle, jusqu'à Blois, où il devait rejoindre son corps. Elle quittait Paris dans une demi-heure. Elle voulait dire adieu à sa chère maman, lui assurer qu'elle était heureuse.

Sa voix avait changé, pensa la mère; elle était vibrante et grave. Elles se dirent au revoir. Marie-Louise, passionnément, songea : « Mais c'est moi, c'est ma jeunesse ! C'est le bonheur que je n'ai pas pu avoir ! Cette guerre ne ressemblera pas à l'autre. Il reviendra. N'est-ce pas, René », murmura-t-elle avec fièvre, s'adressant à l'invisible.

Dans cette antichambre obscure — on n'avait pas tiré encore les lourds rideaux sombres qui masquaient toutes les lueurs — un étrange sentiment de joie la saisit, une conviction profonde que la mort n'existait pas, que René se trouvait auprès d'elle, qu'elle le retrouverait un jour, lui, le seul homme qu'elle eût aimé.

Elle entendait le souffle de Georges, endormi. Georges ?... Oh, oui... elle l'avait oublié. Elle comprit tout à coup ce qui lui avait manqué pendant toute son existence. Il l'avait aimée, mais qu'est-ce que cela signifie ? « Les autres ne peuvent rien nous donner ; ils ne nous atteignent pas », songea-t-elle. Ce qui compte, c'est la source qui jaillit de soi-même, de son propre cœur.

Elle entrevoyait comme un rai de clarté furtif échappé à une grande et brillante lumière, une compensation, une justice, dans le fait qu'Aline recommençait la vie qui avait été celle de sa mère, mais avec des chances de bonheur.

Elle regagna son lit chaud, se coucha auprès de Georges mais sa pensée infidèle le fuyait, rejoignait l'homme de sa jeunesse, lui parlait, l'assurait de son amour comme un vivant.

Elle s'endormit.

Les cartes

La danseuse est maquillée, prête à entrer en scène. Elle est seule dans sa loge et se tire les cartes. C'est une nuit de printemps dans une ville méditerranéenne. Par la fenêtre ouverte on voit la rade scintillante. L'air est chaud. Même en se penchant au-dehors on n'échappe pas à l'odeur du théâtre qui sent la poussière, les latrines, les parfums bon marché et l'écorce d'orange. Elle imprègne le casino entier, crème et pistache comme la pièce montée d'un pâtissier. On la respire jusque dans les jardins qui descendent vers la mer.

Les cartes sont disposées en forme de croix sur la table à maquillage, sur une serviette-éponge tachée de fards. La danseuse les touche rapidement de la main gauche et murmure : amour, fortune, succès. Elle les retourne l'une après l'autre et son visage s'assombrit. À chaque question les cartes répondent non. De fines gouttes de sueur paraissent sur le visage peint, à la racine des cheveux noirs, sur les ailes du nez. Elle secoue la tête avec impatience. C'est une femme mince et légère comme une abeille. Elle a des traits aigus, de larges paupières palpitantes. Sa poitrine et ses hanches sont étroites, ses jambes longues et musclées. Elle jette les cartes. Qu'elles sont mauvaises ce soir! Fortune, amour, succès, tout la fuit. Elle pense à ce contrat sur lequel elle comptait et qui n'a pu être signé, à Rodolphe... au public si froid, si indifférent qui ne la connaît plus, semble-t-il, qui a oublié son Anita.

Elle crispe ses orteils maigres et délicats. Son corps est anxieux, cette nuit, parcouru de petites vagues frémissantes de fatigue et d'inquiétude. Par une nuit pareille, impossible de savoir à l'avance comment on dansera. Tout dépend du premier regard rencontré en s'élançant sur la scène, d'un soupir, d'un ricanement entendus dans les rangs du public. Elle peut être sublime, pense-t-elle, ou bien faible, maladroite, lourde, mauvaise en un mot, mauvaise. Elle chuchote: «Mon Dieu, faites que je sois bonne, ce soir, faites que je danse bien, que je les ressaisisse, que je les garde comme autrefois!» Ah, mais c'est qu'autrefois elle avait une foi profonde en elle-même, en son art. Maintenant, de plus en plus souvent, elle est découragée, elle soupçonne que ça n'a pas beaucoup d'importance, après tout, qu'elle ait bien ou mal dansé, qu'elle ait ou non du succès, ni même que son trop jeune mari lui soit fidèle.

Elle répète machinalement: amour, fortune, succès, mais elle n'y croit plus. Voilà son mal.

Elle entend la sonnette qui l'appelle en scène.

Encore un peu de fard entre les sourcils. Encore un regard vers la glace. Le sourire radieux et vide que l'on offre, soir après soir, au public paraît sur ses traits. Elle court vers la scène. Elle salue. De maigres applaudissements lui répondent. Elle danse. Elle a dansé. Elle a mal dansé. Elle rentre dans sa loge et, avant même de se démaquiller, demi-nue, hors du jupon en forme de corolle qui tombe à ses pieds, elle a saisi les cartes. Avec une sorte de rage elle les contemple, elle les interroge.

Quelqu'un dans son entourage est un malheur pour elle, une menace. Elle le sait. C'est toujours ainsi. Elle se souvient d'une tournée à Paris où tout marchait mal, comme ici, jusqu'au jour où elle a découvert qu'une gamine qui vendait des fleurs à la porte du théâtre avait sur elle une influence maléfique, étrange. Un jour, cette petite fille a disparu. La tournée s'est achevée en triomphe. Qu'on ne lui parle pas, comme le fait Rodolphe, de superstition vulgaire, de contes de bonne femme. Elle sait. Elle a du sang de tzigane dans les veines. Elle sait lire les présages, les chiffres, les rêves.

Oui, les cartes lui diront la vérité. La dame de pique est entre le valet de cœur et le neuf de carreau. C'est chez elle, dans sa maison. Dans le passé, un passé récent, l'inconnue lui a apporté la tristesse, les ennuis, la malchance. Dans l'avenir? Elle frissonne. Les cartes le disent clairement. D'elle encore lui viendra la mort. Mais qui est-elle? Elle les scrute d'un regard profond et ardent. Une femme brune, sans cesse auprès d'elle, dans sa maison…

Cependant Rodolphe est entré dans la loge. C'est un homme jeune, au beau visage indolent, froid et doux. Elle l'aime. Elle lui prend la main.

— J'ai été bien ce soir ? Je t'ai plu ?

Il dit oui. Mais rien ne peut la rassurer. Il demande :

— Tu es seule ?

— Oui. Je suis nerveuse. Je ne voulais voir personne. Viens.

Ils rentrent. Ils habitent non loin du casino, dans une petite pension de famille où la troupe est réunie. Après la représentation on soupe, on joue. Mais Anita ne demeure qu'un instant avec ses camarades. Elle sort du salon commun. Elle va vers la chambre. Elle voit, dans l'ombre, deux formes, très proches l'une de l'autre. Elle reconnaît Rodolphe et la femme de chambre, cette fille qu'elle ne peut souffrir, longue créature pâle, coiffée de bandeaux noirs. Rodolphe disparaît avec la légèreté d'une ombre. Toujours il s'esquive ainsi, dès qu'il sent sa femme prête à faire une scène. Anita et la servante demeurent debout, face à face, et Anita regarde avec haine cette fille silencieuse, arrogante lui semble-t-il, et dont le visage éveille en elle elle ne sait quel souvenir pénible.

Elle demande :

— La couverture est faite ?

Et au moment où la jeune femme de chambre lui répond, d'une voix douce et basse, en détournant un peu la tête, Anita tressaille brusquement et songe : « C'est elle qui me porte malheur. »

Elle reconnaît maintenant cette pâleur, l'expression de la figure inclinée, ces lèvres minces, ces bandeaux noirs : la dame de pique que les cartes lui ont révélée, la voici. Oh, il faut qu'elle parte, qu'elle disparaisse ! Une aversion sauvage emplit le cœur de la danseuse. Et cette fille osait parler à Rodolphe, le provoquer, sans doute l'embrasser, le... Ordure... Elle ne pourra pas dormir tant que cette femme est sous le même toit qu'elle. Elle ne s'avoue pas qu'elle est jalouse : elle donne à son mal d'autres noms. Le malheur lui viendra de cette femme. Les cartes l'ont prédit. Les cartes ne trompent pas.

Brusquement elle descend de nouveau vers le salon et demande à parler au directeur de l'hôtel. C'est un petit homme potelé et chauve, avec trois brins de moustache blanche hérissés au-dessus de ses lèvres, les paupières enflées et roses. Il ressemble à un rat blanc. C'est un émigré russe, passionnément épris de musique et de danse, amoureux d'Anita. De lui, elle obtiendra tout. Il lui baise la main. Que désire-t-elle ? La femme de chambre lui déplaît ? Mais que lui reproche-t-elle ? Anita ne peut pas le dire ? Cette fille ne fait-elle pas convenablement son service ? Serait-ce plus grave ? Une indélicatesse, un vol peut-être ? Il n'est pas fâché d'avoir un prétexte pour renvoyer enfin une servante qu'il a engagée au début de la saison parce qu'il ne prévoyait pas une année aussi mauvaise. Il sonne.

— C'est vous, Rose? dit-il. Ma fille, vous allez faire vos paquets et partir. Je ne peux pas vous garder ici.

— Mais pourquoi? Monsieur, qu'est-ce que j'ai fait?

— Vous avez gravement manqué à Madame.

La jeune fille pâlit davantage. Elle regarde Anita. Elle ne proteste pas.

« Je ne me suis pas trompée, pense Anita. Il s'est passé quelque chose entre Rodolphe et elle. »

— Mais où est-ce que j'irai, monsieur? dit tout à coup la femme avec un accent de révolte et de sourd désespoir. Où voulez-vous que j'aille? La saison est trop avancée maintenant pour que je me place ailleurs. Je dois gagner mon pain, moi. Je ne suis pas danseuse, moi. Ce sont mes mains qui travaillent, mes bras. Il ne faut pas m'ôter mon travail, monsieur. Ne faites pas ça. Ça serait... ça serait dangereux, monsieur, dit-elle tout bas.

Comme tous les faibles, pour échapper à une scène, à des larmes de femme, il devient brutal.

— Je vous ai dit de partir, crie-t-il. Vous aviez demandé votre mois d'avance. On ne vous doit rien.

— Mais je l'ai dépensé, monsieur. Il y a longtemps que je l'ai dépensé. J'ai une mère malade. Je...

Tout à coup, elle se tait. Elle va vers la porte. Elle s'arrête sur le seuil, se retourne et dit: « C'est la rue pour moi ou le fond de la mer. » Elle le prononce si bas que personne ne l'a même entendue. Elle regarde Anita. Jusqu'ici elle l'admirait, elle l'aimait presque.

Les cartes

Rodolphe l'a serrée de près, il est vrai. Mais il ne lui plaît pas. Personne ne lui plaît. Elle n'a aimé qu'un homme qui est mort. Il ne lui reste rien à présent. Et voici que la misère la menace. Et cela à cause de la sottise, de l'égoïsme, de la dureté d'une créature humaine. Elle baisse la tête et sort.

Deux jours plus tard, la femme de chambre a attendu la danseuse à la porte du théâtre. Elle s'est avancée vers elle et le petit revolver dont elle voulait se servir pour elle-même, elle l'a déchargé sur la jeune femme souriante, heureuse enfin d'avoir bien dansé, d'être délivrée de la dame de pique (et pourtant, cette nuit encore, les cartes étaient mauvaises). La danseuse n'a pas crié. Elle a poussé une sorte de soupir étonné. Elle est morte. Une chaude poussière s'élève des jardins du casino, flotte dans l'air tranquille et embrume la clarté de la lune.

La peur

La nuit était si belle, si transparente que le sommeil fuyait les habitants du village. Du bois proche venait un parfum de fraises. Les cœurs étaient tristes : c'était la guerre. Le village tremblait pour ses fils absents. Les nouvelles étaient mauvaises. Les hommes murmuraient : « On n'a pas fini d'en voir... »

— Ce ne sera pas pour demain, la noce, fit Léonce Péraudin.

Et son voisin et ami, Joseph Voillot, hocha tristement la tête sans répondre.

Les domaines qu'ils cultivaient étaient proches l'un de l'autre. Ils se connaissaient depuis le temps de l'école. Ils s'étaient battus en 14 dans la même compagnie. Voillot, solide, taciturne, à la barbe noire, aux grands bras noueux, avait porté sur son dos Péraudin, blessé, sous les obus, près de Poperinghe. Ils étaient mariés et leurs femmes elles-mêmes n'avaient pas réussi à troubler leur amitié. Le fils de Péraudin était soldat. À son retour, il épouserait la fille aînée de

Joseph, une blonde à la poitrine dure, aux larges épaules.

Une femme passa et cria (les femmes du pays ont une voix aiguë et perçante qui couvre sans effort les rares paroles des hommes) :

— Paraît qu'on a vu des parachutistes, par ici ! Même qu'on en aurait arrêté quatre, mais que le cinquième a filé. J'ons bien entendu des coups de fusil, hier soir.

Ils se turent et écoutèrent. La nuit, si paisible jusque-là, semblait tout à coup pleine d'une étrange, d'une indéfinissable menace. Mais on n'entendait rien que le chant du rossignol et les pleurs lointains d'un enfant.

— Allons, c'est pas tout, ça, faut rentrer chez soi, dit Voillot.

Péraudin et Voillot se dirigèrent vers leurs maisons. Ils approchaient de la rivière lorsque la lune se voila. Un humide brouillard montait des prés. Sur l'eau flottaient de tendres et légères vapeurs.

À mesure qu'ils avançaient, une sorte d'inquiétude s'emparait d'eux. Plusieurs fois, Péraudin tourna la tête et fit signe à son compagnon de se taire. Mais tantôt c'était un cheval endormi dans le pré, dont la forme émergeait, méconnaissable, du brouillard, tantôt un froissement de joncs au bord de la rivière. Jamais ils n'apercevaient ni n'entendaient autre chose et, malgré tout, ils étaient troublés, pensifs, inquiets. Ils se taisaient. Ils avaient honte d'avouer leur peur. Au seuil de leurs maisons voisines, ils se séparèrent.

Péraudin rentra chez lui. Il alla dans sa chambre et décrocha son fusil : il veillerait cette nuit. S'il apercevait un ennemi, il n'irait pas chercher les gendarmes. Il saurait se défendre. Il descendit vers le pré, blanc, vaporeux, floconneux dans le brouillard qui tremblait, éclairé par la lune. Il s'assit près de la haie qui séparait de la sienne la terre du Voillot. Il attendit. Les heures passaient. Bientôt la courte nuit de mai s'achèverait. Un instant, le sommeil le saisit et, tout à coup, il tressaillit, s'éveilla en sursaut. Il avait distinctement entendu un bruit de pas, de l'autre côté de la haie. Quelqu'un montait de la rivière vers la maison de son ami, quelqu'un qui marchait avec précaution, en retenant son souffle. Il écarta les branches et regarda. Le brouillard était si dense que tout d'abord il ne vit rien ; seule une forme sombre apparut, puis se baissa et se tapit derrière les joncs. Il entendit le bruit d'une arme que l'on charge. Il épaula et fit feu. Un gémissement dans l'aube qui se levait, une plainte horrible qu'il croyait reconnaître, qui lui glaçait le cœur. Il s'élança. Il courut vers les joncs. Il les écarta. Il trouva à terre son ami mourant, atteint d'une balle dans le ventre. Son fusil était tombé auprès de lui, dans l'herbe. Tous deux avaient voulu guetter les parachutistes, atteindre l'ennemi. Il souleva la tête de Voillot, cria d'une voix enrouée :

— T'es pas mort ? Dis, réponds-moi ! C'est moi, je suis là ! C'est moi le sacré couillon, l'imbécile qu'ai fait le coup ! Réponds-moi, Léonce, vieux, regarde-moi !

Mais l'homme porta les mains à son ventre avec une grimace douloureuse et suppliante et, sans un mot, il mourut.

Le lendemain, on trouva les deux cadavres, celui de Voillot étendu dans l'herbe, celui de Péraudin, pendu aux branches d'un orme.

L'inconnue

— Naturellement, dit la dame d'un ton aigre, naturellement il n'y a plus de place !

Elle montra la pancarte « complet » qui se balançait à la porte d'un cinéma (c'était l'hiver dernier ; Paris cherchait à tromper sa tristesse et quelques salles de spectacle, ouvertes l'après-midi, ne désemplissaient pas).

— Naturellement, continua-t-elle, tu ne m'écoutes jamais : il fallait retenir deux fauteuils par téléphone. Tu baisses, mon ami, tu baisses d'une manière effrayante. Et, par-dessus le marché, il pleut !

— Est-ce que c'est ma faute ? demanda son compagnon d'une voix tremblante d'exaspération. Tu passes trois heures devant la glace !

— Moi ? Trois heures ? Tu es fou ! Je ne sais même pas comment mon chapeau est mis ! Et tu es là à grogner.

— Je ne grogne pas. Je dis seulement...

— Si, si et si, dit la dame comme un enfant : tu grognes. Depuis quelque temps, tu m'en veux. Je te préviens que, si ça ne te plaît pas, tu n'as qu'un mot à dire et...

— Fichtre non! ça ne me plaît pas.

— Ah, je te prie de ne pas être grossier, n'est-ce pas?

Ils s'éloignèrent en se disputant encore. Ils étaient déplorablement «avant-guerre» tous les deux, avant cette guerre-ci, et même avant l'autre. Elle sautillait au lieu de marcher; sa taille gardait encore la cambrure imprimée par les corsets de 1913 aux reins de nos mères. Il était grand, raide, blanc de cheveux et de moustache. Son visage me semblait vaguement familier. L'amie qui attendait avec moi à la porte du cinéma me poussa du coude.

— C'est Driant... Vous savez bien, le romancier?

— Lui? Je le croyais jeune.

— Oui, c'était un jeune auteur en 1920, un de ceux qui ont mis leur jeunesse en viager, à cette époque, et qui ont vécu d'elle pendant vingt ans. Il y a quelques années, comme le public commençait à être un peu las de ses romans, il s'est embarqué pour une région mal connue de l'Afrique. Cela stimulait les imaginations, ces voyages, ces «évasions», comme on disait. Les lecteurs suivaient avec intérêt les récits de ces déplacements et villégiatures. On insinua (toujours pour des fins publicitaires) que Driant fuyait l'Europe parce qu'il était dégoûté du monde actuel et, surtout, parce qu'il y avait eu, dans sa vie, une rupture, un chagrin d'amour. Aussitôt, les lettres d'inconnues affluèrent. Des femmes se disant seules, malheureuses, incomprises lui offraient de partir avec lui, de partager sa vie dans le désert, de lui servir de secrétaires bénévoles. Il compta cent vingt-huit de ces lettres qui furent classées par lui, car il était un garçon d'ordre, dans des chemises de couleurs différentes sans que, naturellement, l'idée lui vînt de répondre à une seule de ces demandes. Mais voici qu'un beau jour, au moment où il rentrait chez lui (c'était la veille de son départ), il trouva une femme qui l'attendait dans l'antichambre. Elle vivait en province, lui dit-elle. Son mari était fonctionnaire. Elle ne s'entendait pas avec lui. Elle n'avait pas d'enfants. Elle voulait fuir la société étroite qui l'emprisonnait, disait-elle, fuir l'Europe, le monde civilisé, partager la vie de Driant dans le désert, etc.

Elle n'était pas laide, mais mal habillée, et Driant la mit à la porte. Il partit.

Il y a dans le départ loin de chez soi, de ses amitiés, de ses habitudes un principe exaltant qui fait tout le bonheur du voyageur pendant les premières semaines, mais qui se dissipe vite et tourne en une sorte d'aigre mélancolie. Tel fut le cas pour Driant. Il prit froid sur le bateau. Dans une ville où il devait prononcer une conférence, il parla d'une voix tellement enchifrenée, se mouchant et toussant sans cesse, que l'assistance elle-même, prise de contagion, accompagna sa voix d'un chœur discordant de reniflements et d'éternuements, et la conférence n'eut qu'un succès médiocre. L'amour-propre de Driant en souffrit. Il rentra à l'hôtel, grelottant et triste. Son courrier l'avait suivi et, entre autres, une lettre, celle de la femme qu'il avait refusé d'accepter comme compagne de voyage. À Paris, il l'eût déchirée sans la lire. Dans cette ville étrangère, il la parcourut, avec ironie, avec malveillance, mais, enfin, il la parcourut. Elle disait en substance ceci :

« Je n'ai pas osé vous dire la raison véritable de mon insistance. Vous l'avez peut-être deviné. Je vous aime. Je n'attends rien de vous, mais je continuerai à vous écrire. Jeanne. »

Et Jeanne continua à écrire. À chaque escale il trouvait une longue lettre d'elle et, chose étrange, à mesure qu'il s'enfonçait en pays étranger, le courrier devenait de plus en plus mince. Paris est si oublieux. Mais la lettre de l'inconnue était toujours là, fidèlement, et Driant y voyait une image si flatteuse de lui-même que, ma foi, cette lettre, il daignait la lire. Un peu plus tard, il lui arriva même de la relire. Enfin, il s'aperçut qu'il l'attendait, cette lettre, et, lorsqu'il ne la trouvait pas, par hasard, à l'étape, il se sentait délaissé. Mais, naturellement, il ne répondait pas.

Il arriva dans un petit village nègre, d'où il comptait envoyer des photos inédites et qui devait lui fournir la matière d'un reportage passionnant. Il éprouva une vive déconvenue : une compagnie américaine de cinéma avait découvert ce lieu sauvage quelques mois auparavant, et il comprit que, dans quinze jours, les écrans des deux mondes seraient inondés par les paysages et les types qu'il était venu chercher si loin. Du coup, Driant commença à penser avec nostalgie à

Paris. Couché dans une case, à la lumière de la lampe-tempête, énervé par le bruit strident des moustiques, exaspéré par l'accent nasillard du metteur en scène américain qui partageait sa chambre, il prit dans sa mallette la dernière lettre d'amour (N° 23) reçue de celle qui signait Jeanne. Il la revit dans sa mémoire. Elle n'était pas laide, non, elle n'était pas laide... Au fond, c'était touchant, cet amour... Il le devait au prestige de ses livres, de son esprit rayonnant à travers les pages imprimées. Ah, elle le comprenait, elle du moins... Il pensa avec amertume aux dernières coupures, expédiées par l'Argus de la Presse. Personne ne le comprenait. Cette pauvre fille se consumait d'amour pour lui. C'était une satisfaction bien mince, une satisfaction tout de même. Il soupira, s'agita sous la moustiquaire, prit sous son oreiller le stylo toujours préparé pour recueillir les impressions fraîches, celles du premier jet, une feuille de papier et répondit à Jeanne. Il lui répondit quelques mots brefs, assez hautains, mais, enfin, il lui répondit et l'engagea même à lui écrire encore, cette correspondance devant être pour elle (disait-il) une consolation et un apaisement. Et cela continua ainsi. Les lettres augmentèrent de volume, de fréquence, d'intensité. Le grand homme se laissa aller à des considérations sur les paysages traversés, les mœurs observées : c'était le brouillon des articles qu'il comptait écrire. Ainsi, la copie n'était pas perdue.

Il revint à Paris et là, naturellement, il oublia aussitôt Jeanne. Elle eut le bon goût de cesser sa correspondance. Mais voici quand elle la reprit : chaque fois que, dans un journal, paraissait un éreintement sur Driant, elle lui écrivait ; chaque fois qu'il se présenta à l'Académie sans être élu (trois fois en sept ans), elle lui écrivit longuement, tendrement, avec admiration, sensibilité, intelligence. Un jour, enfin, il accepta de l'accompagner à un concert. Elle lui fit entendre qu'elle était libre tout à fait : son mari avait demandé le divorce pour abandon de domicile conjugal. Il fit semblant de ne pas entendre ce qu'elle lui disait. Il fut très « Dieu de l'Olympe auprès d'une humble mortelle », la regarda de haut, mais accepta une nouvelle sortie. Et, peu à peu, il s'accoutuma à elle. Il lui donna des conseils de toilette. Il lui fit changer sa coiffure. Il ne l'aimait pas, oh, certes non ! Mais il lui était reconnaissant de l'aimer. Dans les moments de doute ou de découragement, il pensait : « Tout de même, je suis adoré. » Jeanne, dans son esprit, se multipliait en quelque sorte. Elle n'était pas une femme, mais la représentante d'un millier de femmes inconnues, amoureuses et respectueuses, qui l'adoraient de loin.

Cependant, le temps passait ; les cheveux de Driant blanchissaient. Ses livres se vendaient moins. Le public, ces dernières années, avait de cuisants soucis et boudait ses auteurs favoris. Plusieurs affaires de cinéma qui s'annonçaient fructueuses ratèrent au dernier instant. Un jour, Jeanne repartit pour la province. Ce fut le dernier coup. Il attendit une lettre d'elle, n'en reçut pas et prit lui-même les devants.

Il reçut en réponse un court billet désolé : elle était malade. Le cœur était atteint. Elle ne pouvait plus écrire sans fatigue. Ce fut lui alors qui lui adressa de longues lettres, toujours avec l'arrière-pensée de se servir plus tard en littérature des sentiments exprimés. Il pensait qu'elle était perdue et la perspective de cette fin poétisait Jeanne à ses yeux, la lui rendait plus chère.

Un jour, on lui annonça une visite. Il vit entrer un brave homme, ému, qui bégayait un peu en cherchant ses phrases, avec le visible souci d'être à la hauteur de la situation. C'était le beau-frère de Jeanne.

— Jeanne va très mal, dit-il. Elle ne parle que de vous, monsieur Driant. Ce serait une charité de venir lui dire adieu. Et même, si j'osais... Je ne suis qu'un pauvre homme. Vous trouverez peut-être mes paroles maladroites. Si vous pouviez lui faire croire que vous répondez à son amour, cela adoucirait sa fin.

— Est-elle donc mourante ? demanda Driant, effrayé.

— Elle est bien bas, bien bas, dit le beau-frère en secouant la tête d'un air lugubre.

Driant le suivit.

« Je ne connaîtrai jamais, pensait-il, un amour plus humble et plus sincère que celui-là. Pauvre femme ! »

Quand il arriva chez Jeanne, celle-ci lui parut extrêmement faible ; elle parlait à peine. Elle retrouva toutefois assez de voix pour le remercier avec des transports de tendresse et de passion de sa visite.

— Si j'avais seulement pu avoir l'illusion, dit-elle, que vous m'aimez un peu…

Il prit la main amaigrie.

— Mais je vous aime, Jeanne, je vous aime. Vous seule m'avez comprise.

Elle hochait tristement la tête.

— Je ne vous crois pas.

Il protesta qu'il l'aimait et, en ce moment, il le croyait presque. Peu à peu son rôle lui entrait dans la peau, comme disent les acteurs. Que cela serait donc un joli souvenir, cette femme amoureuse, consolée, tendrement bercée par lui jusqu'à l'oubli final, jusqu'à la mort. Dans l'exaltation artificielle qui naissait en lui, il se laissa aller enfin à proposer le mariage. Cette femme était perdue. D'ailleurs, il n'imaginait pas un instant qu'il pourrait vraiment l'épouser. Un jeu tendre et noble, et voilà tout.

Elle murmura :

— Quand vous serez rentré chez vous, ce soir, écrivez-moi, comme autrefois, une longue, longue lettre dans ce style merveilleux qui est le vôtre. Dites-moi que vous m'aimez, que vous désirez unir nos deux vies ou, du moins, la vôtre que j'espère longue, belle et glorieuse et la mienne qui, hélas, s'éteindra dans peu de jours. Je mettrai cette lettre sur mon cœur et je mourrai heureuse.

Mon amie se tut. Je demandai :

— Je ne comprends pas quel rapport il y a entre le couple déplorable que nous venons de voir et cette touchante histoire d'amour ?

— Vous ne comprenez pas ? dit mon amie. C'est pourtant simple. Jeanne guérit, voilà tout. Était-elle vraiment si malade ? Était-ce une simulation habile ? Ou, au contraire, sur un organisme nerveux, la joie agit-elle d'une manière miraculeuse ? Mais, au bout de trois semaines, elle était sur pied ; à la fin du mois, elle gambadait, et Driant dut bel et bien s'exécuter et l'épouser. Vous comprenez, elle avait gardé précieusement la lettre dans laquelle il lui offrait le mariage. Il craignit un scandale, un procès, que sais-je ? Il craignit surtout d'être ridicule. Elle avait bien vu que la vanité était son point faible, et elle avait misé là-dessus. Ne le plaignez pas : il n'a que ce qu'il mérite.

La voleuse

On avait volé l'argent dans l'armoire où la maîtresse du domaine l'avait serré la veille : c'était le prix de quatre cochons, deux billets de mille francs qui avaient reposé toute la nuit sous une pile de grands draps jaunes.

— J'ai compté moi-même les sous hier, avant de me mettre au lit, et recompté ce matin, dit la vieille femme aux gendarmes qui venaient enquêter à la ferme. Messieurs, c'est une honte. J'étais sortie pour panser les bêtes. Je devais envoyer la gamine au bourg chercher le pain. Je rentre : j'ouvre l'armoire. Je regarde encore. Rien.

Les gendarmes étaient assis dans la salle, à Malaret. Malaret est un château en ruines ; il avait appartenu aux barons du Jeu qui, ne pouvant plus l'habiter ni le restaurer faute d'argent, l'avaient loué à des métayers ; ces métayers enrichis avaient racheté le château et les terres, mais ils ne réparaient rien, par avarice ou par négligence. Les poulaillers et les clapiers étaient bâtis dans la grande cour d'honneur. Les bêtes buvaient l'eau de l'étang, le plus beau, le plus poissonneux du pays autrefois, et maintenant à demi comblé par la vase. Sur la terrasse, dont les marronniers avaient été abattus, séchait la lessive. Les gens du Malaret étaient peu aimables, méfiants ; ils avaient l'air fier et sauvage. L'hiver, ils restaient six à huit mois sans voir personne : Malaret était loin du bourg et entouré de forêts ; à la mauvaise saison, les chemins devenaient des pistes impraticables. Les murailles laissaient pleuvoir des pierres, et les jours de vent les tuiles tombaient du toit. L'ancienne salle des gardes avait été transformée en cuisine. Dans les autres pièces, les planchers étaient affaissés, les vitres brisées ; des toisons de laine pendaient à l'intérieur des cheminées. On n'y faisait jamais de feu ; elles étaient si vastes qu'elles auraient dévoré en quelques nuits la provision de bois pour l'hiver. Dans l'ancienne bibliothèque, on élevait des agneaux ; les pommes étaient conservées dans la salle de musique. À côté de la cuisine se trouvait une petite chambre délicieuse avec une alcôve peinte et une fenêtre ronde. L'alcôve contenait des pommes de terre et un chapelet d'oignons encadrait la fenêtre. Dans le bourg, quoiqu'on n'aimât guère « ceux du Malaret », on les louait de continuer à vivre, malgré leur fortune, comme des paysans et non comme des bourgeois. « Pourtant, ils sont riches, ils ont de quoi », disait-on d'eux avec considération. « Mais avec la vieille, un sou est un sou. »

La vieille était une petite femme maigre, impérieuse, qui se tenait debout devant les gendarmes, très droite, les deux mains serrées sur son ventre. Elle avait une terrible bouche rentrée, presque sans lèvres, aux coins tombants et profondément creusés. Elle était veuve; elle régentait le domaine; on ne lui connaissait qu'une faiblesse: elle adorait sa petite-fille, une enfant de douze ans, une bâtarde de son fils aîné, mort des suites d'un accident de chasse. Les gens savaient qu'avant de mourir le garçon — il avait vingt ans — s'était confessé à sa mère :

— J'ai été l'amant, lui dit-il, de Marguerite, la servante. Maintenant, elle attend un gosse de moi. Jure que tu l'élèveras.

La mère avait promis. L'enfant, une fille, Marcelle, était née. Peu à peu, la vieille femme s'était attachée à sa petite-fille au point de l'adopter et d'en faire son héritière. Quant à la Marguerite, elle avait pris un bijou, une broche en or qui appartenait à la maîtresse et on l'avait mise dehors. Marcelle n'avait que quelques mois. La servante, après avoir quitté la ferme, s'était placée à Paris et elle était morte au bout de peu de temps; elle n'avait jamais réclamé sa fille. La grand-mère gâtait Marcelle; elle lui faisait donner des leçons de piano au bourg et l'habillait de blanc les jours de fête; elle disait qu'elle ne la placerait pas, mais qu'elle la marierait et lui laisserait le domaine. C'était une belle enfant, très grande pour son âge, la meilleure élève de l'école. Elle écoutait la conversation de sa grand-mère et des gendarmes. Elle portait un tablier noir et ses cheveux blonds étaient coiffés en nattes avec un nœud bleu à chaque bout.

À côté d'elle se tenait une jeune fille de dix-huit ans, massive, rousse, au gros menton blanc qui la faisait marlue comme une vache. Ses bras nus, frais et roses, couverts de poils d'or, brillaient au soleil. Elle venait de donner à manger aux poules et à son poignet était passée encore l'anse d'un seau de métal. Deux jeunes gens en vêtements de travail ôtèrent leurs sabots sur le seuil, entrèrent et s'avancèrent sans dire mot jusqu'à la table. Ces garçons et leur sœur étaient des neveux de la vieille qui les avait pris comme domestiques. Elle n'employait pas d'étrangers à la ferme ; la famille suffisait à tout. Pour les grands travaux seulement on engageait des aides, mais on était en mars. La journée avait été belle, ensoleillée. Les bêtes sortaient dans la campagne pour la première fois depuis la fin du long hiver ; un flot de moutons passa entre les ruines de la chapelle et les rives de l'étang ; leurs bêlements emplirent l'air ; le ciel était d'une tendre couleur bleue. Les gendarmes avaient envie de s'assoupir, leur petit verre de marc bu, tandis que montait autour d'eux la douce rumeur que fait une cour de ferme au printemps : murmure de la neige qui fond et s'écoule entre deux pierres ; roucoulements des pigeons sur le toit ; gambades joyeuses des poulains dans le pré voisin et le cot-cot-cot engourdi de la volaille heureuse qui picore ses graines, tandis que s'envole légèrement et retombe une plume ébouriffée, d'un blanc de neige. Par des jours pareils, quoi de meilleur que de rester assis sur sa chaise, près de la porte ouverte, la tête à l'ombre et les pieds au soleil, sans penser à rien, mais il fallait poursuivre l'interrogatoire. Les gendarmes allumèrent leurs pipes et l'un d'eux demanda :

— Donc, si je comprends bien, il n'y avait personne à la maison, madame, le matin du vol ?

— Moi, j'étais aux bêtes, dit la vieille ; les deux garçons réparaient les clôtures. Ma nièce Cécile était avec moi et la Marcelle s'occupait des agneaux. Nous en avons dont les mères sont péries et qu'il faut nourrir au biberon. C'est la petite qui s'en charge.

— Vous aviez l'œil sur tout votre monde ?

— C'est assez mon habitude, dit la femme avec un mince sourire.

— Tout le monde ici est donc hors de soupçon ?

— Tout le monde ici est de la famille et ne peut être soupçonné, répondit-elle en toisant le gendarme. Je ne vous appelle point pour les miens, mais pour ceux du dehors. Ce matin-là, des gens se rendaient à la foire, au bourg. Des conducteurs de bestiaux sont entrés chez nous, comme ils font parfois, demander à boire. De ces conducteurs il y avait le gars Bracelet qui sort de prison, et Ladre qui est un ivrogne et vendrait sa mère pour avoir du vin. À mon avis, ils sont entrés dans la maison, ont vu qu'elle était vide, ont fait le coup, sont ressortis pour me parler, m'ont arrêtée dans la cour comme je sortais de l'écurie.

— C'est possible, dit le gendarme songeur. C'est

aussitôt après leur départ que vous vous êtes aperçue du vol?

— Oui, je les ai regardés qui regagnaient la route, puis je me suis rappelé qu'on manquait de pain. J'ai crié à Marcelle de laisser les agneaux, de prendre sa bicyclette. Je suis rentrée pour lui remettre l'argent. J'ai soulevé les draps. J'ai vu.

— Montrez voir l'armoire.

Ils se dirigèrent, précédés par la vieille, vers la pièce voisine. La grand-mère et la petite-fille y couchaient dans deux grands lits qui se faisaient face, couverts chacun d'un édredon rose et d'une couverture au crochet. L'armoire était ancienne, profonde, très belle; ouverte, elle laissa voir des piles de torchons, de taies et de draps; de place en place se trouvaient une tirelire, un petit coffret de métal, une bourse de cuir, un écrin de bijoutier. L'argent était gardé là. Ni banque, ni Caisse d'Épargne pour ceux du Martelet. Sans doute, en fouillant davantage, on aurait pu trouver là des louis d'or d'avant 14, des couverts d'argent achetés à Paris à l'Exposition de 1900, les bagues, les colliers, les chaînes de montre de plusieurs générations.

— Vous ne fermiez donc pas votre armoire à clef? demanda le gendarme à la femme.

Elle lui jeta un regard de mépris.

— Vous pensez que j'aurais laissé tout ça à l'air? Je fermais à clef chaque fois et je mettais la clef ici, dit-elle en montrant le tiroir d'une table. Bien cachée sous mon paroissien.

La voleuse

— Personne ne le savait ?
— La famille le savait.
— Mais comment un étranger aurait-il appris ?...
— Pour moi, le gars Bracelet et le gars Ladre ont dû m'épier une fois qu'ils étaient ici et qu'ils buvaient mon vin à la cuisine. Ils m'auront vu entrer dans ma chambre, chercher de l'argent dans l'armoire, la refermer et cacher la clef là.
— On n'a rien pris d'autre ?
— Rien. Sans doute qu'ils n'auront pas eu le temps, en me voyant sortir de l'écurie.
— Possible, fit le gendarme en hochant la tête.

Il regarda les murs qui avaient été blanchis à la chaux et qui étaient ornés d'un portrait du pape, d'un calendrier en couleurs, de deux photographies encadrées. L'une d'elles représentait Marcelle en communiante ; l'autre, un jeune homme de vingt ans, son père. La monumentale cheminée portait un écusson sculpté dans la pierre, les armes des barons du Jeu ; un pinson chantait dans une cage accrochée à la fenêtre.

— On avisera, dirent les gendarmes.

Au moment où ils allaient partir, la petite Marcelle, qui était demeurée silencieuse et très droite au côté de sa grand-mère, fit un pas en avant.

— Messieurs, je voudrais vous parler. Ce n'est point le gars Bracelet ni le gars Ladre qui ont pris l'argent. C'est moi.

Elle avait une petite voix claire et froide. Son visage était impassible.

— Toi? s'écria le gendarme.

Il la prit par le menton, la regarda dans les yeux.

— C'est toi qui as volé ta grand-mère? Qu'est-ce que tu as fait des sous?

Marcelle souleva un coin de l'édredon qui couvrait son lit: elle le porta à sa bouche, fit craquer sous ses dents le fil d'une couture, plongea la main dans la plume, en retira deux billets de mille francs froissés qu'elle jeta aux gendarmes.

— Reprenez-les. C'est moi qui suis entrée ici pendant qu'on me croyait occupée aux agneaux.

— Tu n'as pas honte? firent les gendarmes indignés. Toi, à qui on ne refusait rien! Mais tu es une vaurienne!

— Oui, fit-elle tranquillement.

— Une moins que rien, une voleuse!

— Oui.

— Sais-tu qu'on te mettra en prison?

— Oui, dit-elle encore.

— Mais qu'est-ce que tu voulais faire de ces deux mille francs?

— M'acheter des choses.

— Quelles choses?

Elle ne répondit pas.

— Et pourquoi avoues-tu tout à coup?

Elle parut se troubler. Elle pâlit excessivement et ses paupières battirent.

— Tu avais peur qu'on te découvre, hein?

— Oui, c'est ça, murmura-t-elle précipitamment.

— Tu sais que ton nom sera dans les journaux, que

tout le pays saura que la petite-fille à Mme Malaret est une voleuse ?

— Oui, fit-elle d'un air de défi.

La famille n'avait pas dit un mot. La grosse Cécile souriait d'un air de jubilation profonde. Ce devait être un bon moment pour elle que celui où l'on humiliait, où on traitait de voleuse la petite cousine, la préférée de la grand-mère, la bâtarde, l'héritière. Son visage s'épanouit. La vieille leva la main et souffleta à deux reprises la joue de Marcelle qui supporta le coup sans rien dire, les yeux étincelants.

— Ce n'est pas assez, madame, dit le gendarme. Il faut la fouetter à la laisser quasi morte sur place. Une enfant comblée de vos bontés ! Si vous ne me promettez pas de la corriger, elle couchera cette nuit en prison, dit-il en feignant de prendre l'enfant par l'épaule.

Elle ne résista pas. La grand-mère poussa une sorte de sanglot étouffé.

— Laissez-la, messieurs. Je la corrigerai, promit-elle. Oui, je la corrigerai. Mais laissez-moi, laissez-nous. C'est une affaire de famille, ça ne regarde que la famille. Je retire ma plainte.

Les gendarmes partis, elle se tourna vers ses neveux, leur fit signe de s'en aller et ferma derrière eux la porte à clef. Quand elle revint vers Marcelle, celle-ci s'écria d'une voix sauvage :

— Mémé, tu peux me battre, me tuer, mais tu ne feras plus jamais la fière. Tout le monde saura que, moi aussi, je suis une voleuse !

La vieille femme se laissa tomber sur une chaise.

— Pourquoi as-tu fait ça? dit-elle faiblement.

L'enfant qui s'attendait sans doute à des cris, à des coups, parut désorientée. Elle répéta plus bas:

— Tu peux me battre, me tuer, Mémé.

— Pourquoi as-tu fait ça? demanda de nouveau la grand-mère.

Elle regardait Marcelle. Elle ne faisait pas un geste vers elle. Elle avait élevé sa petite-fille sans caresses ni mots tendres, lui donnant un baiser rapide sur la joue pour la nouvelle année ou à la distribution des prix, quand l'enfant revenait de l'école chargée de couronnes.

— Marcelle, regarde-moi, dit-elle enfin.

L'enfant, avec effort, leva les yeux.

— Ça fait six mois que tu me fais la tête. Tu ne me parles pas. Tu sors de la maison pour ne pas rester avec moi. Pourquoi? Tu es en fer, Marcelle, en fer. Personne ne sait ce que t'as dans la tête. Ceux du Malaret, on n'a jamais su ce qu'ils ruminaient jusqu'au jour où ça a été trop tard. Mais crois pas que j'aie rien vu. Ça te tient depuis l'été. Tu préparais ton mauvais coup. Pourquoi est-ce que tu m'en veux?

L'enfant cria: «Mémé», puis se tut.

— Tu parleras point, tête de fer?

Elle fit signe que non.

— Quand je t'ai battue tout à l'heure, ça a été plus fort que moi: tu me faisais trop honte. Mais j'ai eu plus mal que toi.

— Je sais, Mémé.

La voleuse

— Je travaille pour toi. Je travaille dur. Tout ce qu'il y a ici, c'est pas pour la Cécile ni personne d'autre. Ce n'est que pour toi. En prenant mes sous, c'est toi-même que tu voles. Y avait-il quelque chose qui te faisait trop envie ? Des livres ? Un bijou ? Deux mille francs, c'est une somme, mais si tu l'avais demandée pour quelque chose de raisonnable, j'y aurais donné. Tu le sais ?

— Oui, Mémé.

— Marcelle, tu vas me dire pourquoi tu as fait ça.

L'enfant maintenant pleurait à gros sanglots. Elle tordit brusquement ses mains maigres et, tout à coup, cria avec désespoir :

— Tu ne comprendrais pas ! C'est pas la peine que j'essaie d'expliquer. Tu ne comprendrais pas, ni personne !

Elle pleura longtemps, immobile et muette. Enfin, elle dit :

— Tu te rappelles quand on battait le blé ?

— Oui, dit la grand-mère, attentive.

L'enfant chercha ses mots. Toutes deux, la grand-mère et la petite-fille, revoyaient cette journée de septembre où on avait battu le blé à Malaret. C'était le dernier des grands travaux rustiques de la saison : un jour de labeur et de fête. La veille, depuis le matin, d'énormes tartes blondes avaient cuit au four, et pour les décorer, toute la semaine les enfants avaient fait la cueillette des fruits. La table était chargée de grands paniers de prunes ; leur peau d'or fendillée laissait échapper des perles de sucre et leur parfum attirait les abeilles et les guêpes; sous les hauts plafonds, l'air vibrait d'un bourdonnement bas, incessant, à la fois joyeux et grave qui semblait la musique même de l'été et qui mettait le cœur en fête. Ce jour-là, dans les campagnes, c'est à qui donnera le meilleur repas aux amis, aux ouvriers et aux voisins. On préparait des grasses volailles, le bon vin, les tourtières bourrées de cerises et de crème, les galettes luisantes de beurre; la maîtresse s'affairait; les enfants dénoyautaient les fruits.

— Tu te rappelles, Mémé, que j'étais dans la salle, seule avec la Cécile? Elle a toujours été méchante pour moi, la Cécile. Le sucrier bleu qui avait été cassé, il y a deux ans, qu'elle a dit que c'était moi qui l'avais laissé tomber, eh bien, ce n'est pas moi, c'est elle.

— Pourquoi tu ne t'es pas défendue?

— Parce que.

— T'étais trop fière, hein, pour te défendre? murmura la grand-mère. Et elle hocha plusieurs fois la tête d'un air pensif.

— Alors, Marcelle?

— Alors, on a eu des mots. Moi, pour rire et pour me moquer d'elle, je chipais des prunes dans le plat, pendant qu'elle allait au four pour surveiller la cuisson. Elle s'est mise en colère et elle m'a appelée voleuse. Moi, je riais. Ce n'est pas un vol, n'est-ce pas, Mémé, que de manger des fruits le jour où l'on bat le blé? De me voir rire, elle est devenue tout à coup furieuse et elle m'a dit: «Oui, tu es une voleuse, comme ta mère, ta mère qui était servante ici, qui a pris une broche en or à la grand-mère, une voleuse qu'on a mise à la porte et qui est morte en prison.» Moi, je criais: «Ce n'est pas vrai!» Alors elle a demandé à mes cousins qui venaient d'entrer si c'était bien la vérité, et ils ont dit oui, que ma mère était une voleuse qu'on avait chassée du domaine. Je savais que j'étais une bâtarde, Mémé, ça je l'ai toujours su, mais ça m'était égal, je ne suis pas la seule. À l'école, il y a la Jeanne de Montmort qui est bâtarde, et Jeanne du Moulin-Neuf, et la Marie du sabotier, et, dans le bourg, l'Hortense de l'Hôtel des Voyageurs a un petit qu'a point de père. Un père, j'en avais un, et qu'il n'ait jamais été marié à maman, ça m'était égal, mais on ne m'avait jamais dit que ma mère était une voleuse!

— Marcelle!
— Alors, je n'ai pas pu l'oublier. J'y pensais tout le temps. J'avais honte et je te... je te détestais presque d'avoir dit ça au monde, d'avoir permis que tout le pays sache que ma maman à moi était une voleuse. Nous, on est fier au Malaret. On ne doit rien à personne, tu m'as toujours dit qu'on pouvait regarder les gens de haut, parce qu'on ne faisait de tort à personne. Et j'ai pensé à ceux qui, derrière mon dos, diraient toujours, toute ma vie: «Sa mère était une voleuse!» Je pouvais rien faire pour changer ça. Bien travailler en classe, avoir des belles robes, jouer du piano comme une demoiselle et, plus tard, être la maîtresse du Malaret, ça n'y ferait rien. Et tout ça,

à cause de toi. On avait fait déjà assez de tort à ma mère puisque papa ne l'a pas épousée ; on lui a enlevé son enfant, on a fait savoir au monde entier qu'elle avait volé. Alors, j'ai voulu te punir. Je me suis dit : « Mémé, elle aussi, saura ce que c'est qu'avoir honte et rougir de sa famille. C'est moi qu'elle aime, c'est par moi qu'elle sera punie. » Et puis, je ne voulais pas être plus heureuse que maman, tu comprends ? Elle, on l'a mise dehors, on a appelé les gendarmes. Moi aussi, je pensais que tu les ferais venir et que tu me chasserais ; ça m'est égal d'aller en prison. Toi, dans le bourg, les gens auraient dit : « Vous savez, sa petite-fille, la Marcelle, c'est qu'une voleuse. » Et tu aurais compris, tu aurais senti... Alors, j'ai pris dans l'armoire la médaille de baptême de papa, en or, je l'ai cachée dans la litière des agneaux, puis, la même nuit, je ne sais pas pourquoi, j'ai eu peur et je l'ai rapportée. Mais je pensais de plus en plus à maman. Je la voyais en rêve. C'est vrai qu'elle est morte en prison ?

— Non, ce n'est pas vrai. Elle s'est placée à Paris, puis elle est morte.

— Moi, je la voyais en prison et je me réveillais. Tu me disais : « Est-ce que tu as pleuré en rêve ? Tu as les joues toutes mouillées. » J'allais au bourg, j'entendais dire : « Sa mère était une pas grand-chose, mais elle !... Sa grand-mère est bien fière d'elle. » Je te... Je t'en voulais de plus en plus, Mémé, et j'ai pris l'argent. La Cécile en est bien contente, mais même ça, ça m'est égal.

Elle se tut. La vieille femme, elle aussi, demeurait muette et immobile. Cependant, ses lèvres s'agitaient comme si elle voulait parler et n'en avait pas le courage. Sa maigre figure était devenue livide. Elle fit un signe et appela Marcelle auprès d'elle. Elle murmura d'une voix étouffée :

— Ta mère n'était point une voleuse. La broche qu'on n'a jamais retrouvée, c'est moi qui l'ai cachée dans la cheminée de la chambre, ici, sous une pierre qui était descellée. Sans doute qu'elle y est encore. J'ai point regardé depuis douze ans.

Ce fut au tour de Marcelle de demander :

— Pourquoi tu as fait ça ?

— Je ne pouvais pas la voir, Marcelle, dit la grand-mère, et une grimace âpre et furieuse convulsa ses traits. Tu me dis fière. Oui, je l'étais pour mon fils. Il aurait pu prendre pour femme ce qu'il y avait de mieux dans le pays, et cette moins que rien était la mère de ma petite-fille ! Elle pouvait t'élever comme elle voulait, faire de toi ce qu'elle voulait, quoi ! Elle en avait le droit comme moi, plus que moi. J'ai voulu me débarrasser d'elle. Je lui ai proposé de l'argent pour qu'elle parte et te laisse. Mais non ! Elle ne voulait pas. Alors… J'ai dit qu'elle était une voleuse et je l'ai chassée. Elle s'est défendue, mais personne ne l'a crue. Elle a point osé te réclamer. Marcelle, va voir dans la cheminée. Tu verras une brique qui branle. Apporte ce que tu trouveras.

L'enfant obéit et revint avec une broche en or, de façon ancienne, ornée de petites perles qui formaient un cœur. La vieille femme la regarda un instant en silence.

— Je ne suis pas fière, ma fille, puisque je te dis ça, à toi, fit-elle enfin.

— Mémé !

— Je me fais mal juger par toi, et tu me dois le respect. C'est pour que tu n'aies plus honte de ta mère qui était innocente que je te dis ça, et pour que tu ne me croies pas plus orgueilleuse que je suis. Vis-à-vis des autres, oui… Nous sommes nés fiers, c'est notre sang qui veut ça, mais vis-à-vis du Bon Dieu, on se voit comme on est, Marcelle.

— Mémé, tu as fait bien du tort à ma mère, s'écria l'enfant en pleurant.

— Tu m'as fait bien du tort aujourd'hui, Marcelle. Pour le monde, continua la vieille, il faut que je te punisse. Je te mettrai à Chauffailles, chez ma sœur, comme servante. Tu partiras demain.

— Je reviendrai après les grands travaux ? demanda anxieusement Marcelle.

La grand-mère secoua la tête.

— Non, c'est impossible. Les gens diraient que je t'ai pardonné trop vite, tu comprends ? Il faut qu'on sache que tu as été punie comme il faut et que les choses d'honneur, c'est sacré pour nous. Ils me respecteront et toi aussi plus tard. Tu comprends ?

— Je comprends, Mémé.

— Viens maintenant.

Elles rentrèrent dans la salle vide. La grand-mère prépara la soupe ; la petite-fille s'assit près de la fenêtre avec un livre. Son cœur se brisait; elle n'avait jamais quitté le Malaret. Qu'il lui manquerait, ce pays fier et sauvage! De temps en temps, des larmes voilaient son regard; elle ne leur permettait pas de couler sur ses joues. Elle serrait violemment les lèvres et les pleurs semblaient rentrer en elle, comme aspirés par un feu intérieur.

À l'heure du repas, ses cousins apparurent sur le seuil; ils lui jetèrent de loin un coup d'œil curieux, sans rien dire; chacun d'eux ôta ses sabots, se lava les mains à la fontaine de cuivre et prit place à table. Les hommes gardaient leur casquette sur la tête, selon la coutume. On mangea la soupe en silence. Puis la grand-mère repoussa son assiette. Elle croisa devant elle ses dures mains crevassées et dit posément:

— Demain, la Marcelle quitte le domaine. Elle s'en va à Chauffailles, chez ma sœur, comme servante. C'est en punition de sa mauvaise conduite. Elle m'a tout avoué. Elle a voulu faire une mauvaise farce en prenant l'argent, et quoi que ce ne soit pas un vol, elle mérite d'être punie pour apprendre à respecter les choses d'honneur.

Elle se tut. L'enfant la regardait fixement. Ses cousins, la fourchette en l'air, attendaient. La grand-mère acheva d'une voix forte:

— À quelque chose, malheur est bon! En cherchant hier, tout partout, c'te maudit argent, j'ai mis la main sur la broche qu'avait été perdue voilà douze ans. Ce n'est donc point la Marguerite qui l'avait prise, comme je le croyais. Je regrette qu'elle soit morte, je lui demanderais pardon de lui avoir fait tort.

— La broche ? s'écria Cécile, haletante.

La grand-mère desserra les doigts et le bijou tomba sur la table. Personne ne parlait. Dans le silence, on entendit le soupir profond exhalé par Marcelle et, tout à coup, l'enfant fondit en larmes. La grand-mère ne parut pas s'en apercevoir. Elle se leva, ôta le couvert, plia la nappe et mit l'eau à chauffer pour la vaisselle. Puis elle commanda d'une voix égale et calme :

— Allez enfermer les bêtes pour la nuit. Toi, Marcelle, va faire tes paquets, ma fille.

Et l'enfant répondit :

— Oui, Mémé.

Les revenants

Le temps nous durcit; il nous fige dans une attitude qui tout d'abord a pu être le simple effet d'un hasard et non d'un choix ou de quelque impérieuse nécessité intérieure. Lorsque mes fils me laissent seule: «Oh, maman ne s'ennuie jamais», assurent-ils. «Maman? Donnez-lui son tricot, le coin de son feu et les comptes de la bonne, elle est parfaitement heureuse…»

Quand ils étaient petits et que leur infernal tapage ne cessait que le soir, cette heure, il est vrai, était douce. Georges, mon mari, s'endormait sur un livre; dans la chambre de mes quatre aînés (celle que j'appelais «la cage aux lions») on entendait encore leurs rires étouffés, le bruit de leurs pieds nus sur le plancher. Les jumeaux, gavés de lait, se taisaient enfin, et moi… je soupirais: «Ah, que je vais être tranquille entre le panier à ouvrage, plein à déborder de chaussettes trouées, et le carnet de la blanchisseuse! Que je vais être heureuse, mon Dieu! Tranquille, certes. Heureuse? Maintenant la paix elle-même me fuit.

C'est l'heure des regrets. Si Georges, du moins… Mais sa maladie d'estomac seule l'occupe : le pauvre Georges a toujours eu une santé délicate. Je me souviens que, le jour de notre mariage (j'avais encore ma robe de noces), il a demandé à maman une boule d'eau chaude et il l'appuyait sur son ventre avec un petit sourire pâle et pincé. Ainsi, il soupire et se tait, et moi, je tricote, et nos fils, en rentrant, s'ils y pensent, jetteront sur ce tableau un coup d'œil attendri et, plus tard, ils diront à leurs enfants : « Papa et maman ont été heureux ensemble. Jamais ils ne se sont querellés. » Jamais, non. Et ils ont eu six enfants, six beaux garçons qui ont tous vécu. Il y a des existences, lorsqu'elles s'achèvent, qui vous laissent dans la bouche le goût de veau froid, nourrissant, pâle et fade. C'est ce que je sentirai au moment de mourir, je pense.

Nous habitons rue de Rome. Quand nous nous sommes mariés, il était bien entendu que nous quitterions au plus tôt cet immeuble noirâtre qui tremblait de la cave au faîte quand passait le train et qui vibrait des coups de sifflet de la gare Saint-Lazare et s'enveloppait de ses fumées. Mais nous avions de moins en moins d'argent et de plus en plus d'enfants et, maintenant, nous avons ici nos habitudes, et il y a une ligne de métro commode pour le bureau de Georges et le lycée des jumeaux… D'ailleurs, ce n'est pas à tel ou tel endroit de Paris que je voudrais habiter. Ce qu'il me faut, c'est la campagne, c'est Monjeu, et le Monjeu de maintenant, lui-même ruiné, dégradé, racheté par notre ancien fermier, le père de Simon, ne me contenterait pas. C'est le Monjeu d'autrefois qui me tient au cœur. Mais il est perdu. Je suis Mme Georges Dufour, j'ai quarante-quatre ans. Les revenants ne m'ont jamais visitée, moi.

Les revenants? Quand j'étais petite, nous avions un vieux domestique qui nous racontait, à mes sœurs et à moi, que les morts revenaient à Monjeu. Nous n'étions pas crédules et nous nous moquions de lui. Mais ce qui me frappait, c'est que le bonhomme disait invariablement : « Ils étaient tristes et ils pleuraient. » Pourquoi? Moi, je les imaginais heureux, les morts, ayant retrouvé une inaltérable jeunesse, réunis à ceux qu'ici-bas ils ont aimés, s'efforçant de partager avec nous leur joie. À Monjeu, de la chambre du haut, celle de mon cousin Marc, on voyait l'ancien cimetière, celui où l'on avait enterré les morts de l'épidémie de choléra, en 1830. Marc avait choisi exprès cette chambre. Je me souviens que les domestiques en avaient peur. Jamais aucun d'eux ne se fût hasardé là, la nuit. Jamais nous n'avons été troublés. Jamais personne n'a rien découvert... Mais le vieux jardinier dont je parle hochait la tête : « Ils reviennent chez Monsieur Marc », disait-il en parlant des morts. « Il a le don. » Que nous nous moquions de lui, mon Dieu, que de fous rires...

Monjeu... À mesure que je grandissais, la terre se morcelait ; les domaines passaient, les uns après les autres, aux mains de fermiers ou de marchands de bestiaux enrichis. Que j'aimais le pays, le château, la terrasse, le verger... Les prunes de Monjeu. Énormes, transparentes, jaunes comme l'ambre, et ce jus sucré qui coulait sur nos doigts... Ma sœur me disait d'ailleurs dernièrement: «Oh, toi, tu t'es fait de Monjeu une légende. C'était une grande maison froide, incommode, et l'hiver on y mourait d'ennui. Mais toi, n'est-ce pas...» Sourire. Sous-entendu: «... Toi, tu avais Marc aux vacances, et, le reste du temps, tu l'attendais.» Je haussai les épaules alors, d'un air indifférent, à peine mélancolique (c'est inouï ce qu'on peut être hypocrite entre sœurs, et combien inutilement): «Ce pauvre Marc... C'est bien loin, tout ça...» Il y aura demain vingt-quatre ans qu'il est mort.

Une grande maison, froide et incommode... Je l'ai revue deux ans après notre mariage. J'avais tellement le mal du pays que Georges lui-même s'en est aperçu. Les déplacements déjà n'étaient pas faciles: nous avions Gaston et j'étais enceinte de Robert. Mais mon mari a fait ce sacrifice. Nous avions pris huit jours de vacances. Pauvre Monjeu... Du linge séchait sur la terrasse et sous les branches de ce marronnier qui se couvrait au printemps de si belles fleurs roses. Des tessons de bouteilles, de vieux pots cassés dans les chemins. Un flot de moutons passait sous la petite porte de pierre à colonnettes. Il pleuvait; il montait une odeur infecte de l'étang qui n'avait pas été curé depuis notre départ. Les Simon avaient convoité Monjeu des années avant qu'il fût à vendre; ils avaient patiemment attendu notre ruine, mais, malgré tout, la dépense avait été forte pour eux; ils s'étaient endettés et ils ne pouvaient plus «remonter le courant». Monjeu les entraînait tout doucement vers le fond, comme il l'avait fait pour nous.

Au commencement, quand Gaston et Robert étaient petits, j'essayais bien de leur parler de Monjeu, mais cela ne les intéressait pas, cela les agaçait même un peu; peut-être imitaient-ils inconsciemment l'attitude de leur père («oh! le pays d'Hélène... la maison d'Hélène, ce trou à rats», disait-il). Je me suis parfois demandé si un peu de jalousie?... Mais non, c'est impossible.

Après Gaston et Robert, deux autres garçons sont nés: Didier et Henri, à dix mois de distance l'un de l'autre, et Henri ne marchait pas encore lorsque j'ai eu les jumeaux. Vieille avant l'âge, fière pourtant de ma «couronne de fils», comme je l'appelais. Ces enfants, beaux et vigoureux, étaient la seule parure que je pouvais me permettre. Le jeudi, quand je les promenais rue de Rome ou dans le square des Batignolles, des femmes souriaient, disaient: «Quels beaux garçons! Comme ils se portent bien...» et je devinais qu'elles calculaient le soin, l'argent, le temps, l'amour que cela représentait, tous ces petits corps à nourrir, à habiller, ces esprits à former et à instruire. (Et beaucoup pensaient: «Grand bien lui fasse! J'aime mieux que ce soit elle que moi, pour sûr!») N'importe! c'était cela que j'avais voulu. Après la mort de Marc, j'ai pris le premier homme épousable (à peine épousable: ce Georges Dufour, ce petit fonctionnaire que mes parents méprisaient), parce que je pensais que la maternité heureuse pouvait faire oublier l'amour. C'est d'ailleurs la vérité : quand on soigne les enfants, quand ils sont là, pendus après vous dans vos bras, criant, riant, se querellant, exigeant tout de vous, on n'a plus à la lettre le temps de penser. La nuit, les rêves eux-mêmes deviennent paisibles et innocents auprès d'un berceau.

Dès la naissance du troisième, le nom même de Monjeu n'a plus été prononcé par moi. C'est pourquoi j'ai trouvé si étrange ce qui est arrivé par la suite. Mais il faut décrire d'abord notre appartement. Ce qui le rend si exigu et si étouffant, ce qui fait aussi que, malgré tout le mal que je me donne, le ménage ne peut jamais être parfaitement fait, c'est qu'au moment où Monjeu fut vendu, ma sœur et moi nous nous sommes partagé les meubles qui restaient. Georges a toujours refusé de s'en défaire, estimant que dans l'état de délabrement où ils étaient, on n'en retirerait pas la moitié de leur valeur, que mieux valait les garder et qu'on les restaurerait un jour. Tous les ménages pauvres connaissent cette expression : « un jour », ce jour qui doit venir où, miraculeusement, on trouvera de l'argent pour repeindre le cabinet de toilette, pour acheter un nouveau tapis, pour faire un voyage... En attendant, une chambre avait été sacrifiée pour contenir le vieux canapé, les grands fauteuils du salon, le chiffonnier et la commode de ma chambre de jeune fille. Une fois par semaine, je faisais la pièce à fond ; le reste du temps, les volets demeuraient fermés; des sachets de naphtaline étaient cousus aux housses; personne n'habitait cette chambre. Comme moi-même, les enfants l'évitaient: «On ne peut pas y jouer, on se cogne partout, il y a trop de choses», disaient-ils. Mais une fois, les jumeaux y entrèrent pour chercher une balle qui avait roulé sous la porte. Je me souviens, ils se disputaient comme d'habitude. Six garçons entretiennent autour d'une mère un tel climat d'orage que ce qui la frappe, c'est le silence. Ce fut ce qui m'étonna: ce silence subit. Au bout d'une heure, comme je ne les entendais plus, j'appelais: «Jean, René, qu'est-ce que vous faites?»

Ils ne répondaient pas. J'allais ouvrir la porte quand ils crièrent:

— Nous jouons, maman!

Je ne m'occupai plus d'eux; ils étaient sages; cela arrivait rarement; je ne demandais rien d'autre. Ils avaient alors six ans. Ils étaient plus délicats que les aînés et plus nerveux. J'avais eu du mal à les élever. C'étaient deux petits garçons pâles, l'un brun et l'autre blond, qui ne se ressemblaient pas de visage, mais de regard: ils avaient des yeux de chat, disions-nous, légèrement retroussés et d'une couleur verte, des yeux attentifs, pénétrants, perspicaces même, des yeux extraordinaires pour de si petits enfants. Depuis ce jour, ce fut chose entendue: la chambre aux meubles était le domaine des jumeaux; on était tranquille lorsqu'ils étaient là; ils ne criaient pas; ils ne se disputaient pas. Cela dura longtemps, plusieurs mois peut-être. Quelquefois, je les interrogeais :

— Mais qu'est-ce que vous faites ? On ne vous entend pas... À quoi jouez-vous ?

Ils semblaient se concerter du regard avant de répondre, et la réponse était toujours la même :

— On s'amuse...

Une seule fois, au cours de l'hiver, j'entrai dans cette pièce pour les chercher, car à tous mes appels ils étaient demeurés muets. Ma sœur était en visite et voulait les voir. Je les trouvais assis sur le canapé, côte à côte, immobiles, silencieux, et ils avaient formé avec la housse rabattue sur leur tête une sorte de petit auvent sous lequel ils s'abritaient. J'entrai. Ils ne me virent pas.

« Votre tante est là, mes petits. » Ma voix parut les éveiller. À ma grande surprise, ils éclatèrent en pleurs :

— Pourquoi viens-tu ? Tu ne dois pas venir ici ! Il ne faut pas ! C'est défendu ! criaient-ils.

Je crus à un caprice. Je grondai. Puis je voulus les attirer à moi. Ils résistaient, me repoussaient. J'ouvris les volets et, alors seulement, lorsque la lumière m'éclaira, ils revinrent à eux. Ils se laissèrent entraîner sans rien dire. Mais à peine ma sœur nous avait-elle quittés, qu'ils se glissaient de nouveau dans la chambre.

Un soir, je venais de les coucher et Jean, déjà, dormait. Je rangeais l'armoire aux jouets, lorsque j'entendis René fredonner dans son lit. J'écoutai.

« Mais qu'est-ce qu'il chante ? pensai-je. Où ai-je entendu cet air ? »

C'était une chanson de mon pays. Marc la connaissait, et elle me rappelait tant de choses que jamais je ne l'avais apprise à mes petits. J'avais même cru l'oublier. Ce n'était pas de ma bouche qu'ils avaient pu l'entendre :

> *On dans' souvent chez nous,*
> *— Moi, seulette, j'garde l'âne.*
> *On dans' souvent chez nous,*
> *On oublie la Marie Sou.*
> *Ah, quand mon tour viendra,*
> *— Garde l'âne, garde l'âne,*
> *Ah, quand mon tour viendra,*
> *Garde l'âne qui voudra !*

Je me levai sans faire de bruit ; je m'approchai du lit ; j'achevais la chanson (comment avais-je cru l'oublier ?) :

> *On chant' souvent chez nous,*
> *— Moi, seulette, j'garde l'âne.*
> *On chant' souvent chez nous,*
> *J'ai l'cœur plein de chants si doux...*
> *Ah, quand mon tour viendra,*
> *— Garde l'âne, garde l'âne.*
> *Ah, quand mon tour viendra,*
> *Garde l'âne qui voudra !*

Tout à coup il se mit à rire, d'un rire si léger, si joyeux que j'en eus le cœur tout remué. Mes garçons avaient un caractère vif et gai, mais ce rire était différent des autres, si tendre et si moqueur... Il rejeta le couvre-pieds et je vis sa petite figure toute rouge, animée, les yeux brillants :

— Maman, tu la connais aussi, la chanson ?

— Mais bien sûr, mon petit. C'est moi qui la chantais quand j'étais petite.

— Toi ? Oh, non !

— Mais si, je t'assure. Je croyais l'avoir oubliée. J'ai dû la chanter devant toi sans m'en apercevoir.

Il secoua la tête.

— Non, non, ce n'est pas toi... C'est le petit garçon.

— Quel petit garçon ?

Il ne répondit pas. Je caressai ses cheveux, je l'embrassai. Je lui dis tout bas :

— Comment s'appelle-t-il ? Où l'as-tu vu ? Dis-le-moi, voyons...

Il s'était détourné ; il traçait avec son doigt des lettres ou des dessins sur la tapisserie ; il répondit enfin :

— Dans la chambre aux meubles, il vient un petit garçon... Mais il ne faut pas le dire !

— Et Jean le voit aussi ?

— Oh oui, bien sûr ! Il s'amuse avec nous...

Je l'avais pris dans mes bras ; je le serrai contre ma poitrine ; nous chuchotions tous deux. La chambre était très sombre et tranquille, si vivante, si habitée avec tous ces souffles d'enfants endormis.

— Comment est-il habillé ? Dis-le-moi. Voyons, tu peux bien me le dire... Moi aussi, quand j'avais ton âge, je l'ai connu, ce petit garçon.

Je savais qu'il me ferait le portrait de Marc, avec ses cheveux longs, son costume marin blanc, une cicatrice qu'il avait au coin de sa bouche, un petit sifflet d'un sou qu'il portait dans sa poche, attaché par un cordon noir. J'écoutai mon fils me décrire l'enfant que j'avais aimé, l'ami que j'avais perdu.

— Est-ce que tu sais comment il s'appelle ?

J'avais parlé trop fort, trop vite ; je l'avais pris par les épaules et il me lança tout à coup un regard profond et méfiant :

— J'suis fatigué. J'ai sommeil. Éteins la lampe, maman...

— Écoute, mon petit... est-ce que c'est un rêve que vous faites, Jean et toi ? Ou un jeu que vous jouez ? Dis-moi, voyons, je ne vous gronderai pas. J'aimerais tant... comprendre.

Mais faire parler de force un enfant qui veut se taire, j'aurais dû savoir que c'est impossible ! Il était étendu sur le dos et, chaque fois que je m'approchais de lui, il se détournait, il m'échappait d'un mouvement prudent et adroit. Parfois il me semblait qu'il se moquait de moi ; avec ses longues paupières plissées et les coins retroussés de ses lèvres, il avait un air narquois qui m'irritait un peu, mais me rassurait aussi.

« Ils ont trouvé une photo de Marc égarée dans la chambre aux meubles. Ils me font une farce, ils jouent, mais quel drôle de jeu, funèbre, étrange... Ils ne savent pas, les pauvres petits, qu'ils me font mal... »

D'ailleurs, l'auraient-ils su... C'est curieux, si tendres, si affectueux qu'ils soient, les enfants ne détestent pas de vous faire un peu mal, s'ils le peuvent. Mais en cette occurrence vraiment, Jean et René étaient innocents. De toute ma vie passée avec Marc, de nos jeux, de nos premières caresses et de ce printemps qui précéda son départ, de ce dernier printemps avant sa mort, en 1916, que pouvaient-ils connaître ? Enfin, mon mari m'appela. Je dus éteindre la lampe et laisser le petit.

Le lendemain, dès que je fus seule, je courus dans cette chambre aux meubles. Je fouillai partout ; j'ôtai toutes les housses ; je cherchai sous tous les coussins capitonnés la lettre, la photo, l'album oubliés qui avaient pu décrire aux jumeaux ce cousin mort des années avant leur naissance. Je ne trouvai rien. Je m'assis sur le canapé, à la place où j'avais trouvé mes fils, dans l'ombre comme eux. Je ne sais pas ce que j'attendais. Je pleurai. J'appelai les morts. Marc, et mon père, et de vieux domestiques, et un chat blanc que j'avais aimé, tout ce passé perdu. Non ! Je ne croyais pas une seconde que les revenants apparaîtraient ; je n'avais pas d'espoir. Je pensai seulement : « À mon insu, je suis tellement possédée par le souvenir de Monjeu que certaines images se forment en moi, et de moi pénètrent jusqu'à eux. Ils sont si petits ; leur esprit reçoit toute nourriture de moi, comme autrefois leur corps. Je leur verse mes rêves sans même le savoir. »

Mais qu'ils étaient donc puissants, obsédants, ces rêves ! Je m'étais mariée pour oublier le passé ; j'avais accepté et presque souhaité une vie étroite et pauvre pour en être écrasée de fatigue, pour ne pas avoir le loisir de pleurer, de regretter, de me souvenir. C'était bien inutile. Je le sais maintenant. On n'oublie que la souffrance. Que nous sommes drôlement faits, tout de même ! Notre faible mémoire ne garde que la trace du bonheur, si profondément marquée parfois que l'on dirait une blessure.

Je restai seule à peine un quart d'heure. C'était toujours ainsi : une femme est garrottée par mille petits liens qui, pris à part, ne sont pas plus gros qu'un cheveu, mais qui, tous ensemble, l'entravent si bien qu'elle ne peut pas faire un pas hors du cercle étroit des obligations quotidiennes. Mes fils pouvaient se permettre de demeurer seuls dans cette chambre enchantée, mais moi... Oh, je le jure, j'allais revoir Marc et, auprès de lui, dans son ombre chère, la maison, le jardin de Monjeu, tous mes vieux souvenirs, lorsque j'entendis la bonne m'appeler : « Que Madame vienne voir ! » Je reconnaissais la voix glapissante et indignée qu'elle prenait lorsqu'elle venait de découvrir une bêtise des garçons. Et Dieu sait qu'ils en étaient prodigues ! Je ne me souviens plus quelle farce stupide ils avaient inventée ce jour-là.

Jusqu'au soir je ne pus retrouver un instant de solitude ou de silence.

Une ou deux fois ensuite, j'essayai de retourner dans cette pièce. En vain! Le présent jaloux m'arrachait sans cesse au passé. Non seulement les gens me dérangeaient, mais ma propre pensée veillait et me tourmentait comme un remords :

« Qu'est-ce que tu fais là? Tu sais bien qu'il est l'heure d'aller chercher les enfants au cours. Tu sais bien que Didier ne repassera pas son catéchisme sans toi. Tu sais bien qu'ils ont besoin de toi. »

Oh, Marc, Monjeu, qu'ils étaient loin! Je les perdais une seconde fois. Et par une sorte d'accord tacite entre les jumeaux et moi, je leur livrais la clef du passé : je leur abandonnais cette chambre. Je ne les interrogeai pas. Pendant plusieurs mois je ne leur parlai de rien, et puis, un soir où j'avais eu avec Georges une discussion plus mesquine et plus bête encore que d'habitude, au moment où je couchais René, je demandai, en cachant ma figure dans ses cheveux :

— Tu ne me parles plus de vos jeux là-bas, dans la chambre aux meubles. Est-ce que le petit garçon revient?

— Oui, répondit-il, et il mit ses bras autour de mon cou comme s'il allait me dire un secret, mais il se contenta de m'embrasser. Puis il releva la tête :

— C'est ton cœur qui bat si fort? demanda-t-il.

Il battait effectivement à grands coups sourds

qui me faisaient mal. Il l'écouta sans rien dire, tout étonné.

— Maman, tu ne sais pas? On joue là-bas qu'on est dans un grand jardin, très, très grand, avec des arbres drôlement coupés en forme d'animaux et de bonshommes.

— Oui, dis-je, car je reconnaissais les vestiges du jardin à la française, tout près du potager, mais tout est abandonné là-bas, n'est-ce pas?

— Non, non, tout est gai, bien soigné, planté de belles fleurs, et dans les allées le sable est rouge.

C'était le jardin tel que mes parents me l'avaient décrit; ils venaient d'arriver à Monjeu; ils étaient jeunes mariés; tout était riche, tranquille, en ordre. C'était bien avant ma naissance. Je pris dans les miennes les mains de mon petit garçon. Elles étaient tièdes, potelées et douces. Il n'avait pas de fièvre; il ne délirait pas. D'ailleurs, aucune fièvre, aucun délire ne pouvaient expliquer cette vision étrange. Je n'osai pas le questionner. J'hésitai longtemps. Je demandai enfin:

— Qu'est-ce qu'il y a au bout de la grande allée? Tu sais bien, celle qui suit la terrasse?

De mon temps, il y avait une pièce d'eau que les roseaux et la vase envahissaient; parfaitement ronde, elle était entourée de sept saules pleureurs aux longues chevelures vertes. On ne nous permettait pas de jouer sur ses bords: le sol était glissant et à la moindre pluie le terrain s'infiltrait d'une boue liquide qui noircissait nos souliers et nos bas. Je n'ai vu nulle part d'aussi belles libellules bleues. Je sais que, lorsque mes parents étaient jeunes, la pièce d'eau, nettoyée chaque année, était limpide et profonde, que souvent mon père et ma mère venaient goûter avec leurs amis sur ses rives, mais de toute cette vie écoulée je ne connaissais rien. «Ah, vous êtes venues trop tard, mes pauvres petites», disait maman à ma sœur et à moi. Elle en riait : elle a toujours été insouciante et légère, et mon père avait le même caractère qu'elle. Ils s'étaient tellement aimés ; ils avaient vécu si unis, si heureux que tous les soucis de leur âge mûr, ils les acceptaient d'un cœur paisible... Comme on s'acquitte d'une dette.

Était-il possible que de la jeunesse de mes parents, de tant de joie, de tant d'amour, quelque chose demeurât et pénétrât l'esprit de leurs petits-fils, quelque chose de surnaturel ? C'est bizarre. Interrogez les gens qui ne sont pas des mystiques, ou des nerveux, ou des malades, non, des gens ordinaires : «Est-ce que vous croyez au surnaturel ? Est-ce que vous croyez, par exemple, aux pressentiments, aux avertissements à distance ? Est-ce que vous croyez que les morts peuvent communiquer avec nous ?» Ils vous répondront en riant : «Bien sûr que non ! Quelle idée ! Naturellement, nous n'y croyons pas.» Mais interrogez-les encore, pressez-les. La seconde réponse sera : «Je n'y crois pas, mais... il m'est arrivé...» Peut-être est-ce le grand désir que nous avons de croire au surnaturel qui nous rend crédules et faibles. C'est possible. Moi, je sais seulement que René qui jouait avec mes mains et mes cheveux dénoués dans l'ombre me décrivait l'allée devant la terrasse qu'il n'avait jamais vue et la forme de la pièce d'eau : « Toute ronde, maman, ronde comme un sou. »

— Mais les gens, René, est-ce que tu vois des gens ?

Il hésita un instant :

— Je ne sais pas... Je ne fais pas attention... J'entends rire... et parler tout haut, tout près de moi. Mais je joue, tu comprends, je n'ai jamais regardé. Mais je sais qu'il y a des messieurs et des dames, qu'une charrette avec un petit cheval apporte de grands paniers pour le goûter.

J'avais entendu parler de ce petit cheval que l'on appelait Rustaud. Je savais même qu'il m'avait promenée, enfant, sur son dos, au fond d'un panier capitonné que l'on fixait à sa selle. Mais c'était au temps où je ne marchais pas encore ; de bonne heure, le cheval et la petite voiture furent vendus.

Mon fils, cependant, continuait à parler gaiement, légèrement, et à travers son bavardage je saisissais des détails connus, et d'autres, ignorés de moi, ce champ de tulipes feu, par exemple, au milieu de la pelouse, et un petit kiosque qui avait été démoli par la foudre. Nous jouiions dans ses ruines, Marc et moi. Entre les briques descellées de ses murs, il cachait des livres défendus. Plus tard, c'est là que je trouvais ses lettres, car nous étions à l'âge où on a l'un de l'autre une soif que ni la présence, ni les caresses ne peuvent étancher : dès qu'on s'est quitté, on s'écrit ; c'est une façon de s'embrasser encore. Mais René me parlait de ce kiosque tel qu'il était lorsque mon grand-père l'avait bâti pour ma mère, enfant.

— C'est la maison des poupées, dit René : elles ont leurs petits lits, des armoires avec des robes.

J'avais cru jusqu'ici que Jean dormait, lorsque je vis ses yeux obliques, brillants, aux cils noirs et épais, qui me regardaient fixement. Il acheva d'un ton de confidence :

— Et il y a un traîneau avec le dedans tout en velours rouge...

— Mais les gens ? répétai-je avec une angoisse presque insupportable, celle qu'on ressent dans les rêves et qui vous réveille en larmes. Est-ce que vous les voyez ?

Mais non. Ce que l'on pouvait deviner à travers leurs paroles, c'est que dans cette espèce de vision, de songe (je ne sais comment appeler cela), ils ne voyaient jamais de grandes personnes, étaient entre eux, entre enfants, mais les grandes personnes étaient là, ils en étaient sûrs, invisibles, tutélaires, ne s'adressant jamais à eux, mais leur versant une gaieté sereine, une tendresse qu'ils me communiquaient à moi-même maintenant, je ne sais comment. Une espérance surnaturelle me faisait battre le cœur.

Je me taisais ; les garçons cessèrent, eux aussi, de parler. Ils s'endormirent presque en même temps. Plus d'une heure, je demeurai assise entre leurs deux lits. J'avais peur tout à coup. Pour eux... Il me semblait que ces rêves leur feraient du mal. J'épiai leur sommeil. Mais non, il n'y avait pas trace d'agitation ou de douleur en eux, leurs joues étaient roses, leur haleine fraîche, leur pouls tranquille. Je retournai auprès de Georges. Auprès de Georges... Avais-je vraiment dormi une nuit auprès de lui, depuis que nous étions mariés ? J'avais couché à ses côtés, oui, mais mon sommeil m'emportait loin de lui.

Je parlai de tout ceci à ma sœur.

— Tu me crois folle ? lui dis-je. Tu vas rire. Mais, je t'en prie, interroge les enfants ; ils te diront ce qu'ils voient dans la chambre aux meubles.

Elle haussa les épaules.

— Ils voient ce que tu leur fais voir. Tu es obsédée par Monjeu...

— Ah ! c'est possible ! Mais, même ainsi, cela est effrayant et étrange.

Elle me prit la main.

— Hélène, qu'y a-t-il donc eu entre Marc et toi ?

— Rien, dis-je vivement (c'était absurde de mentir, je le sais bien, après tant d'années, mais je sais qu'elle a toujours été jalouse de Marc, et, enfin, ce ne serait pas la peine d'avoir caché notre amour pendant tant d'années pour le livrer maintenant), rien. J'aimais Marc, tu le sais, comme un frère.

— Oui, fit-elle avec un singulier sourire, comme un frère...

J'appelai Jean et René et, avec son habileté merveilleuse, elle les fit parler, s'interrompant parfois pour me regarder ; elle murmurait à voix basse :

— Oui, c'est cela, c'est tout à fait cela... c'est extraordinaire...

— Tu reconnais Monjeu, Louise?

— Oui.

— Et nos parents? Crois-tu qu'ils voient nos parents?

— Ils les voient à travers ton souvenir inconscient, Hélène.

Elle attira à elle les deux petits garçons:

— Parlez-moi de la maison maintenant, leur dit-elle. Elle est grande et froide, n'est-ce pas?

— Nous n'aimons pas beaucoup jouer dans la maison, fit Jean avec une moue, il fait si bon dehors. Mais une fois le petit garçon nous a menés dans sa chambre.

— Où est-elle, cette chambre?

— Tout en haut, au bout d'un long couloir, et il y a un carreau qui branle avant d'entrer.

— Juste sur le seuil, n'est-ce pas?

— Oui, dans la porte. Mais nous n'aimons pas y aller. On voit des croix par la fenêtre. D'ailleurs, je vais te dire (René baissa la voix et saisit ma main): il y a quelqu'un dans cette chambre...

— Un jeune homme et une jeune fille?

— Oui.

— Ils s'embrassent, n'est-ce pas? demanda ma sœur.

— Oui, ils s'embrassent. Comment le sais-tu, tante Louise?

Je me levai:

— Assez ! Assez ! Taisez-vous. Allez jouer dans votre chambre, dans le vestibule, dans la cuisine, où vous voulez, mais ne retournez jamais dans la chambre aux meubles ! Jamais, vous entendez ! Jamais ! Je vous le défends.

Le lendemain, je fis venir un antiquaire et je vendis tout : le canapé, les fauteuils, le chiffonnier, tout partit le jour même. Georges, furieux, ne pouvait y croire :

— Tu as fait cela sans me consulter ? Tu te rends compte que tu as été volée comme dans un bois ? Est-ce que tu es folle ?

— Je ne suis pas folle, mais je le serais devenue si ces meubles étaient restés ici plus longtemps.

— Je ne te comprends pas.

Je pris le parti le plus simple, le plus « femme ». Je me mis en colère :

— Tu crois que c'était possible, avec tout ce que j'ai à faire, cette espèce de garde-meuble à entretenir, toute cette poussière à essuyer chaque jour, ces bois à polir ? D'ailleurs, ils se mangeaient aux mites, ces fauteuils de velours. Enfin, ce qui est fait est fait. N'en parlons donc plus.

J'attendais la réaction des jumeaux. Ils se mirent à pleurer. Je les pris par le bras. Je les conduisis dans cette chambre — elle était claire, vide, banale et gaie.

— Maintenant vous pourrez y revenir, leur dis-je.

Ils regardaient autour d'eux avec une expression

étonnée et boudeuse, comme lorsque je les réveillais, les matins d'hiver, pour quelque leçon.

— Ce n'est plus amusant, fit René.

Jean, les mains dans ses poches, examinait attentivement les rainures du plancher.

— Qu'est-ce que tu cherches ?

— Un sifflet...

Il se baissa tout à coup, ramassa un sifflet à demi écrasé, un jouet de quelques sous qu'il glissa dans sa poche. Je tendis la main pour le prendre ; il me l'abandonna, mais, brusquement, lui et son frère parurent perdre tout intérêt pour cette pièce. Ils m'échappèrent et je restai seule avec ce sifflet entre les mains.

Je ne me souvenais pas d'en avoir vu de pareil aux jumeaux. Sans doute venait-il d'un de leurs frères aînés ? Je le portai à ma bouche ; il était presque broyé par le coup de talon d'un des garçons, et il n'en sortit qu'un faible son flûté. Je le cachai dans mon sac. Ce sac me fut volé quelques semaines plus tard, ou je le perdis ; il était assez usé et ne contenait qu'un carnet de métro et un billet de cinq francs. On se moqua de moi lorsque je fis le trajet, deux matinées de suite, de mon domicile à la préfecture de police, pour le réclamer aux Objets Trouvés. En vain.

Maintenant, les jumeaux ont quinze ans. J'ai essayé de leur rappeler la chambre aux meubles, mais ils sont à l'âge où l'on repousse les souvenirs d'enfance avec dédain et une sourde animosité, comme s'ils contenaient quelque chose de blessant pour leur nouvelle dignité de jeunes hommes.

Ils m'ont répondu d'un ton boudeur qu'ils avaient oublié et que, d'ailleurs, cela n'avait aucun intérêt. Georges n'a jamais rien su.

Avec ma sœur seule, je pourrais m'entretenir de Marc et de Monjeu, mais nous n'en avons jamais plus parlé.

L'ami et la femme

Il y a dix ans, un avion qui volait de France en Chine capota et prit feu dans les plaines de la Russie d'Asie. Deux hommes de l'équipage, le mécanicien Rémy et le steward Sert, furent sauvés par miracle. L'avion tomba sur les bords d'un fleuve gelé, dont les vagues demeuraient debout, figées, hérissées — blocs de glace qui avaient l'aspect de chevaux écumants, foudroyés en plein galop.

Une tempête avait fait dévier l'appareil de sa route. On ne retrouvait pas ses traces; les hommes étaient seuls dans cette contrée vaste, lugubre et nue. Ils n'avaient rien pour se chauffer, rien à manger, et Sert était blessé. Leurs malheureux compagnons périrent dans les flammes. Quand celles-ci furent éteintes, Rémy et Sert cherchèrent les corps, mais il ne restait rien. La tempête, un instant apaisée, souffla de nouveau avec force; il n'y avait pas d'abri dans ce pays plat comme la main, pas une colline, pas un arbre. Les deux hommes étaient entraînés dans un tourbillon de neige.

— Il faut marcher, dit Rémy. Si on s'arrête, on est foutus.

Avec courage, suivi de Sert qui perdait son sang en abondance, il s'avança dans la neige épaisse. Le vent, parfois, les jetait sur le sol; ils se relevaient et marchaient toujours. Ils croyaient apercevoir tantôt une maison, tantôt un traîneau ou une église, mais chaque fois ils reconnaissaient qu'ils étaient trompés par un mirage analogue à ceux du désert. Il n'y avait rien autour d'eux que la neige; en face d'eux, le fleuve glacé: il semblait moins un fleuve qu'une mer, terrible et sans limites visibles. Ils avaient erré pendant plusieurs heures lorsqu'ils virent à terre une sorte de hutte de neige, sans doute une cabane. Pleins d'espoir, ils se traînèrent jusque-là. Mais ce n'étaient que les vestiges de leur avion, recouverts de neige fraîche: ils étaient revenus à leur point de départ. Sert dit à Rémy de le laisser là; sa blessure le gênait pour marcher: « Sans moi, tu iras plus vite, vieux. Autant vaut qu'il y en ait un de sauvé. » Mais Rémy ne voulut rien entendre; il le réconforta, lui fit un pansement de fortune, lui donna à sucer des morceaux de glace, et ils repartirent.

Ces deux hommes étaient jeunes et braves. Ils résistèrent pendant quatre jours au froid, à la faim et à la tempête. D'abord, ils avaient tenté de suivre les rives du fleuve, mais, aveuglés par la neige et le vent sauvage, ils se retrouvèrent bientôt au milieu des plaines. Là, ils étaient perdus; ils ne savaient de quel côté se diriger. Ils croyaient avancer, mais peut-être ne faisaient-ils que tourner sur place ; l'ouragan effaçait la marque de leurs pas. Le cinquième jour, ils étaient désespérés. Ils suçaient la neige, ils mâchonnaient des morceaux de linge. La tentation la plus redoutable était celle du sommeil, celle de se laisser tomber sur cette couche molle et épaisse, de sombrer dans un voluptueux engourdissement. Quand l'un d'eux s'arrêtait, chancelant, semblait près de céder, l'autre, avec des bourrades, des coups de poing, le remettait en marche.

— Quand tu me verras flancher, dit Rémy, crie-moi dans l'oreille : « Pense à Louise ! » C'est ma femme, tu comprends, je veux la revoir.

« Moi, je n'ai personne, pensa Sert, mais je veux m'en tirer. Seul, je n'aurais pas pu. Chic type, ce Rémy », songea-t-il encore.

Ensuite ils n'eurent plus ni pensées ni paroles. Ils ne voyaient rien au-delà de l'effort surhumain qui consistait à mettre un pied devant l'autre ; puis, ce pas franchi, encore un, et encore un… le dernier. Non ! Un sursaut… Encore un pas. Le soir du cinquième jour, ils entendirent, distinct mais faible, l'aboiement d'un chien.

— On rêve, murmura Rémy.

Sert ne disait rien ; il était en tête maintenant ; il traînait derrière lui Rémy à bout de forces. Enfin, ils se trouvèrent devant une clôture ; un chien furieux se jeta sur eux. Puis un homme parut, mit le chien en fuite, et les rescapés entrèrent dans une maison basse et enfumée, éclairée à la chandelle ; ils virent une femme qui pétrissait de la pâte, debout devant une table, à côté d'un berceau grossier taillé dans un tronc d'arbre, puis ils perdirent connaissance.

Au bout de quelques heures, soignés, réchauffés, ils firent enfin comprendre par gestes leur aventure et ils demandèrent à manger. On leur donna une soupe aux betteraves et des galettes. Ils étaient assis sur le poêle; leurs jambes pendaient dans le vide; ils tenaient sur les genoux une écuelle pleine de soupe; ils rompaient du pain noir entre leurs doigts. Ils écoutaient. Ils regardaient avec ravissement. Cette misérable cabane était un lieu divin; l'odeur de la pâte fraîche était l'odeur même de la vie, chaude et nourrissante.

— Ah, mon vieux, disaient-ils par moments avec un large rire, ben mon vieux, ben, mon pauvre vieux!

Rémy était de petite taille, avec une figure d'enfant, une grande bouche souriante, des yeux clairs et un nez retroussé. Sert était un très beau garçon de vingt ans, la taille mince, les épaules larges; il avait une petite tête étroite aux cheveux noirs, aux tempes et aux joues comme aspirées en dedans, et ce profil coupant, le mouvement fuyant du front, la forme du grand nez busqué et on ne savait quel air fier et intrépide le faisaient ressembler à un oiseau de grande race: il avait des yeux d'or et des paupières lourdes. C'était une tête brûlée, un aventurier. Chômeur depuis plusieurs mois, il avait réussi enfin à trouver une place de steward à bord de l'avion, pour pouvoir, expliqua-t-il à Rémy, se procurer un passage gratuit jusqu'à Shanghai, où un de ses amis avait ouvert un bar.

— Il trouvera bien à me caser. C'est un copain. Je ne crois pas à beaucoup de choses, mais je crois à un bon copain. J'en ai marre de l'Europe. Je compte sur lui, dit-il, et, levant les yeux vers Rémy, il sourit. C'est toi qui t'es montré un bon copain, vieux. Sans toi...

— Oh! ne me charrie pas... T'en as fait autant... Les derniers moments, si tu ne m'avais pas remorqué tel un poids mort, oh là là... Dire qu'on est sauvés quand même! Ta blessure, elle ne te fait pas trop souffrir?

Sert s'était fabriqué un appareil rudimentaire qui, posé sur la plaie, le soulageait un peu. Il répondit donc:

— Ça va. Mais c'est toi qui fais une drôle de tête.

Rémy, très pâle, les narines pincées, fit un effort pour sourire: il était secoué de frissons et des cloches sonnaient à ses oreilles. Mais il crâna.

— Je suis solide. Je ne crains rien. Je me suis trouvé déjà dans de drôles de situations. C'est le métier qui veut ça. Tel que tu me vois, il y a cinq ans, quand je volais de Toulouse à Dakar, j'ai été fait prisonnier par les Maures. Sept jours à dos de chameau, mon vieux, et rien à bouffer. Mais j'ai tenu. Je venais de me marier et la pensée de ma femme me donnait du courage... Ici aussi. Chaque pas que je faisais, c'était pour elle. Ma femme... Mon vieux, tu ne peux pas savoir. C'est le Bon Dieu pour moi.

Il parlait bas et vite, d'une voix étrange, entrecoupée, sifflante.

— Tu es malade, lui dit Sert avec inquiétude.
— Penses-tu !

Il s'allongea sur le poêle, se couvrit les jambes avec des chiffons sales qui étaient jetés là et ferma les yeux. Quand il les ouvrit, au bout de quelques instants, il regarda avec une expression de stupeur la cabane plongée dans les ténèbres, sauf le bout de chandelle rougeoyante au centre de la table ; l'enfant criait, les paysans attablés avançaient au-dessus de leurs écuelles des mufles de bêtes.

— Ça alors, murmura-t-il. Je me croyais chez nous !
— Tu as rêvé, vieux.
— Chez nous. On a un logement, rue Monge, Louise et moi... Je la voyais mettant le couvert, et le bifteck sur la table, et nos deux assiettes sous la lampe. Ce que c'est doux, une femme à soi, à soi tout seul, tu ne peux pas comprendre... J'entendais même Jip, le fox-terrier... Mais je l'entends encore, s'écria-t-il en essayant de se redresser.
— Non ! C'est le vent.

La tempête hurlait et gémissait ; elle battait les murs avec une force effrayante. Par moments la flamme de la chandelle était couchée horizontalement et on entendait sur le toit des coups sourds et profonds. Sert essaya de faire comprendre au paysan qu'il voulait gagner au plus vite une ville, qu'il désirait un traîneau pour s'y rendre, mais l'homme se contenta de secouer la tête et de lui faire, d'un signe, écouter l'ouragan.

«Peut-être qu'on est bloqué là jusqu'à la fonte des neiges», songea Sert.

Son compagnon était certainement malade; il était très rouge maintenant; il toussait; il divaguait; il appelait sa femme. Puis il semblait revenir à lui; il reconnaissait Sert. Il dit tout à coup avec un accent de nostalgie effrayante:

— Bon Dieu! ce qu'on serait bien sur un quai de métro!

Un peu plus tard il murmura:

— Sais-tu ce qui me faisait avancer? C'est la peur qu'on ne retrouve pas mon corps. Je voulais le mettre bien en évidence. À cause de la prime, tu comprends. Si la mort n'est pas prouvée, la veuve a des tas d'embêtements... Tu n'es pas marié, toi? Alors tu ne peux pas comprendre. On ne vit plus pour soi. Oh, je veux, je veux rentrer chez nous, guérir. Ma femme est trop jeune pour faire une veuve. D'autres viendraient tourner autour d'elle. Ça, je ne pourrais pas le supporter. Je sortirais de mon tombeau pour les en empêcher. Ma femme. Ma femme à moi. Dis, Sert, donne-moi à boire.

Toute la nuit, il délira. Sert le soigna comme il put. La paysanne fit avaler au malade un bouillon d'herbes, et Sert se sentit plein d'espoir: ces gens devaient connaître toute sorte de remèdes. Mais le bouillon eut le plus mauvais effet. Le malheureux Rémy fut pris de vomissements et finit par rendre du sang noir. La paysanne montra à Sert le sol, lui faisant comprendre que bientôt son ami serait sous la terre. Sert se désespérait, invectivait ses hôtes, appliquait des compresses froides sur la poitrine de Rémy, le soutenait, réclamait un médecin, le consul français, des drogues. La femme le laissait dire, bâillait d'un air indifférent et balançait du pied le berceau où pleurait l'enfant. Quand l'ouragan se tut, la neige commença à tomber. Elle recouvrait les murs de la cabane presque jusqu'au toit ; elle masquait les fenêtres, ne laissant entrer qu'une vague et livide clarté.

Rémy allait de plus en plus mal. Le quatrième jour, au crépuscule, il sembla s'éveiller d'un rêve. Il appela Sert.

— Je suis là. Je ne te quitte pas.

— Merci, dit faiblement Rémy. Tu me connais à peine, et tu es pour moi comme un frère. Écoute, je vais claquer. Quand tu pourras, tu iras trouver Louise. Pauvre chérie, qu'elle va être seule et malheureuse... Elle n'a plus de famille. Plus personne. Tu lui donneras en souvenir toutes les bricoles que j'ai sur moi, une petite médaille que maman m'avait donnée, ma montre... Six ans qu'on aura été mariés. Comme je l'ai aimée... Je n'ai vécu que pour elle. Tu le lui diras. Le métier que j'avais dans la peau, et puis elle...

Il ferma les yeux, laissa aller sa tête de côté ; elle ballotta de droite à gauche ; du sang et de l'écume parurent sur ses lèvres. Il appela encore Louise et puis se mit à pleurer. Les larmes de ce mourant touchèrent Sert jusqu'au cœur. Il s'écria :

— Tu guériras, je te le jure !

Mais son camarade ne l'entendait plus. Il murmura : « Louise... », soupira : « C'est dommage... » et mourut.

On le mit dans un cercueil grossier et on l'enterra. Sert resta dix-sept jours chez les paysans. Au bout de ce temps les traîneaux purent enfin sortir. Sert traversa le fleuve et, au terme d'un épuisant voyage, il trouva une petite ville où un fonctionnaire s'occupa de le mettre en rapports avec le consulat français. En mai, le corps du mécanicien Rémy fut envoyé en France et Sert partit pour Shanghai. Il y demeura deux ans, servant comme barman dans un grand hôtel. Au bout de ces deux ans, il revint à Paris ; son père venait de mourir et il espérait toucher un petit héritage, disait-il. Surtout, il était fatigué de l'étranger. Il lui arrivait parfois de s'écrier d'un ton mi-plaisant, mi-sérieux : « Ce qu'on serait bien sur un quai de métro ! » Et alors il pensait à Rémy qui avait dit ces paroles avant de mourir. Il n'avait jamais oublié Rémy, ces quelques courts instants vécus dans le désert glacé où ils avaient eu froid et faim les avaient liés comme n'eût pu le faire une amitié de plusieurs années. Cet inconnu était mort la main dans la main de Sert. Il imaginait la douleur de la veuve. « Elle peut pleurer, songeait-il, parce que des types comme ce Rémy, ben, il n'y en a pas des flottes. Il avait une bonne balle de gosse, mais c'était un homme, un vrai… C'est rare… » Il avait envoyé à Mme Rémy la montre et la petite médaille d'argent prises sur le cadavre, mais il voulait lui remettre en personne une photo trouvée sur le cœur du mort, une photo qui représentait Louise elle-même, sans doute un instantané, pâli et usé, le portrait d'une très jolie femme souriante qui tenait un fox-terrier dans ses bras. Souvent Sert sortait la photo de sa cachette et la regardait. Ce clair sourire s'était effacé maintenant, pensait-il; elle portait des vêtements noirs, un voile de veuve. Elle vivait seule dans le petit appartement où Rémy ne reviendrait plus. En mourant, il avait balbutié: «Le salon; tout est jaune, plein de soleil…» Sert, orphelin, célibataire dont le beau visage attirait les femmes, mais qui les méprisait et ne s'attachait à aucune, Sert rêvait de cet intérieur tiède, étroit, plein du souvenir d'un mort.

À Paris, il se présenta rue Monge, à l'adresse que lui avait laissée son ami, mais la concierge lui dit que Mme Rémy avait déménagé, qu'elle habitait maintenant en banlieue. Quoiqu'il fût tard, Rémy ne voulait pas remettre sa visite au lendemain. Il prit un taxi; il avait un peu d'argent en poche. Tandis que la voiture roulait, Sert revoyait la cabane du paysan, le poêle couvert de chiffons sordides où Rémy était mort. Il décida que si sa femme était d'aspect calme, vigoureuse et solide, il lui raconterait tout, tous les détails. Mais si elle était trop faible ou trop triste, il se contenterait de lui donner la photo et il ne lui parlerait pas des derniers instants. De toute façon, elle ne saurait pas que Rémy avait pleuré. Sur quoi avait-il pleuré, au fait ? Sur elle ? Sur lui-même ? Pauvre vieux...

— Oui, monsieur, c'est bien ici, dit le chauffeur, comme Sert hésitait à descendre.

C'était dans la grande banlieue parisienne, au bord de la route, auprès d'un poste à essence, un café-restaurant tout neuf, éclatant de lumière. Derrière lui il y avait une lande pelée où s'élevait un gazomètre et, un peu plus loin, on apercevait des hangars pour avions. Devant lui coulait un fleuve incessant d'autos. La nuit était venue, rouge à l'horizon du côté de Paris.

Sert entra dans une salle pleine d'une clarté crue. L'établissement semblait prospère ; toutes les tables étaient prises. Tout était neuf et sentait cette odeur écœurante d'huile que répandent les radiateurs fraîchement peints et chauffés à blanc. Les garçons couraient en portant des plateaux chargés. La porte des cuisines battait et on entendait une voix de femme crier vers les ténèbres intérieures : « Deux blondes... Une assiette anglaise... Envoyez l'addition du 20... » En même temps une TSF ouverte à pleins bords répandait une musique bruyante comme les flots d'un torrent. Quelqu'un avait mis en marche un gramophone qui jouait *T'en fais pas, Bouboule*. À travers ce vacarme et cette presse, Sert se fraya un chemin et demanda au garçon :

— Madame Rémy ?

— Elle va venir. Elle est occupée, dit le garçon.

Il poussa Sert vers une table libre, près de la caisse, où une femme peinte souriait commercialement.

— C'est vous madame Rémy? demanda Sert en fronçant les sourcils.

— Non, madame Rémy, c'est la patronne. La voilà qui vient, dit la caissière, et elle montra une très jolie femme qui s'avançait en portant un fox-terrier dans les bras.

— Vous désirez? fit rapidement Mme Rémy, mais quand elle eut vu le beau visage de Sert, il passa sur sa bouche et dans ses yeux une expression que Sert connaissait bien: quelque chose de gourmand, d'animal, de cynique, cet air naïf de convoitise que les femmes ne peuvent cacher à la vue d'un homme beau et bien fait.

— Vous désirez me parler, monsieur?

— Oui, dit-il rapidement. Je m'appelle Sert. J'ai été le compagnon de votre mari. Je vous apporte une petite photo que j'ai trouvée sur son corps.

— Ah, mon Dieu, murmura-t-elle. Quel souvenir.

Mais elle demeurait froide.

— Eh bien, attendez un peu. Il est tard. Les clients vont partir. Nous pourrons causer.

Elle le quitta et il resta longtemps seul à sa table, respirant l'haleine chaude des cuisines. «Pour sûr, c'est avec l'argent de la prime qu'elle a monté ça, songeait-il. Bon Dieu! Quelle garce... Et le pauvre type, là-bas, le pauvre type qui pendant quatre jours d'agonie n'a pensé qu'à elle, n'a vu que sa Louise... Il l'aimait. Il était jaloux. S'il voyait ça!»

Il regardait les grandes vitres noires et miroitantes couvertes de buée. Il faisait chaud et bon dans ce café. Les gens s'agitaient, mangeaient, s'amusaient, tandis que le pauvre mort... son corps reposait maintenant en France dans quelque caveau, mais il semblait à Sert que l'esprit de son camarade flottait encore dans l'espace glacé, dans un lieu de tourment qui rappelait le désert où il avait erré avant de mourir. Sert avait beau se dire: «Il est mort, quoi, il est mort. Il ne sait rien et il ne voit rien», il lui semblait encore entendre cette plainte, cet appel: «Louise... Ma femme à moi...»

Il but et, à mesure qu'il buvait, il devenait de plus en plus sombre. Un escalier montait de la salle à l'intérieur de la maison. Sans doute y avait-il des chambres là-haut. Il vit descendre vers lui Mme Rémy au bras d'un jeune homme. Gracieuse, pimpante, elle cabrait sa jolie taille; elle secouait ses cheveux lustrés et parfumés. Elle portait une courte robe de voile noir et un collier d'ambre au cou.

Le fox-terrier blanc courait derrière elle. Sert siffla doucement. Le chien sembla hésiter, puis il vint à lui et mit son museau sur les genoux du jeune homme. Sert lui gratta la tête et appela tout bas: «Jip! Jip! Cherche ton maître... Va chercher ton maître...» Le chien se dressa, posa ses pattes de devant sur la poitrine de Sert avec un long et lugubre hurlement.

«Il n'a pas oublié, lui», pensa Sert.

Cependant la salle se vidait; on éteignait les lumières. La caissière adressa un lent sourire à Sert, mit son manteau et son chapeau et partit. Les garçons débarrassaient les tables. Mme Rémy vint s'asseoir auprès de Sert.

— Enfin, me voilà libre... Alors, c'est vous qui avez assisté mon pauvre mari dans ses derniers moments? Vous me rappelez de bien mauvaises heures. C'est qu'il m'a laissée seule, sans famille, sans enfants, et sans le sou. Heureusement qu'il y avait l'assurance. Et encore, j'aurais dû toucher davantage. Ah, j'ai eu bien des ennuis! Un homme qui fait ce métier-là ne devrait pas se marier, murmura-t-elle et, nonchalamment, elle examina ses ongles.

Ses mains étaient soignées, mais un peu courtes et grasses. Quand elle leva les yeux, elle vit le regard de Sert qui était fixé sur elle et elle rougit.

— Vous m'aviez apporté un souvenir?

Il jeta la photo sur la table.

— Oh, je la reconnais, s'écria-t-elle, il la portait toujours sur lui! Pauvre Édouard... Ah, j'ai été bien triste, bien désemparée. Enfin, j'ai refait ma vie. On ne peut pas tout le temps pleurer, n'est-ce pas? Un jour, je me suis dit: ma petite, il faut avoir du courage, de l'énergie et sortir de là. Et alors...

— Et alors, ça a été la bonne vie avec l'argent de l'assurance, dit lentement Sert.

Comme tous les hommes très beaux et gâtés par les femmes, il les méprisait profondément et les comprenait mieux que quiconque. Celle-ci, il voyait son âme nue, son âme égoïste, déloyale et âpre. Il la devinait. Oh, comme il la devinait bien... «Le mari trimait. Il faisait chiquement son boulot d'homme, et elle... elle allait au ciné, elle le faisait cocu et elle mettait de côté à la Caisse d'épargne... » C'était le type de femme qu'il haïssait le plus au monde. Et de penser que Rémy avait aimé ça... qu'il était mort en appelant ça... Il en aurait pleuré. Il continuait à la regarder avec haine. Elle voulut se justifier mais elle n'était pas sotte ; elle ne prétendit pas qu'elle avait aimé son mari, ni qu'elle le pleurait maintenant. Elle se contenta de remarquer aigrement :

— Après tout, s'il est mort, c'est bien sa faute. S'il avait voulu... il y avait un garage à vendre avenue de la Grande-Armée. Je ne lui ai pas dit une fois. Je lui ai dit cent fois : « Si tu crois que c'est drôle pour une femme de passer sa vie à trembler et à attendre ? Il faudrait une âme d'héroïne. Mon cher, je n'ai pas une âme d'héroïne. Je suis une petite femme tout ordinaire. Si tu veux, on pourrait vivre gentiment... »

— Le ciné le samedi soir, le dodo et le petit déjeuner au lit le dimanche, murmura Sert.

— Mais oui. Pourquoi pas ? Vous avez l'air de rire. Une femme ne demande qu'à être heureuse. Vous paraissez croire (et Édouard le croyait comme vous) que c'est une sorte de bonheur... je ne sais pas, moi... un bonheur ignoble. Mais ça vaut mieux que de rester veuve à vingt-huit ans. Qu'est-ce que je devais faire ? M'enfermer chez moi et m'entourer de ses photos ? La vie avant tout. On se doit à soi-même.

— Votre mari était un brave garçon, dit Sert.

Il roulait une cigarette entre ses doigts et détournait le regard.

— Je crois qu'il n'aurait pas aimé vous voir ainsi.

Du menton il désignait les hommes qui sortaient et qui, en passant devant Mme Rémy, lui caressaient légèrement l'épaule et disaient : «Bonsoir, Louise!»

Elle, alors, pliait un peu le cou et riait d'un petit rire de gorge semblable à un roucoulement.

— Édouard était jaloux. Ce n'était pas un mari commode. Si je l'avais écouté, je n'aurais vu personne, je ne serais jamais sortie. Ah, que voulez-vous? ce n'est pas la bonne manière avec les femmes. J'ai toujours été indépendante. Enfin, quand on veut avoir une femme à soi tout seul, il faut au moins qu'elle y trouve son profit. On avait très peu d'argent. Il aurait voulu m'enfermer rue Monge (nous habitions au 80, un cinquième sur la cour) et que je raccommode ses chaussettes en relisant ses lettres. Remarquez que j'ai eu beaucoup de chagrin quand j'ai appris sa mort. Mais je vous dis ça parce que vous avez l'air de me blâmer. On ne vit pas de souvenirs. Il faut manger, et il faut aussi... un peu de plaisir. Pas vrai? De son vivant, il aurait dû se débrouiller, faire comme les autres. Mais s'esquinter à un métier qui est en somme celui d'un ouvrier, qui ne rapporte pas grand-chose, moi, je trouve ça idiot, que voulez-vous? Je ne l'ai jamais compris, ce garçon.

La garce, songea Sert. Mais, chose étrange, ce n'était pas à elle seule qu'il pensait. À bien réfléchir, que de femmes étaient comme elle! Il croyait les voir, se moquant de l'homme qui, comme Rémy, «faisait son boulot d'homme». Il croyait les entendre: «Les sous et l'amour, il n'y a que ça.»

Il secoua farouchement la tête.

— Vous ne méritez pas de vivre, dit-il simplement.

Au lieu de se fâcher, elle rit. Il était très tard. Ils étaient seuls dans la salle à demi sombre, maintenant. Elle lui mit la main sur le bras.

— Quel âge avez-vous?
— Vingt-deux ans.
— Et ça vous dégoûte de voir qu'on pense plus à des choses comme... comme le bifteck et le lit qu'à la fidélité, l'héroïsme et tout le tremblement?
— Ça me dégoûte, oui.
— Quel gosse... Vous vous croyez meilleur que les autres, je parie. Pourtant, si je voulais...
— Si vous vouliez quoi?

Mais elle ne dit rien. Elle lui avait fait signe de la suivre. Elle posa le pied sur la première marche de l'escalier et se retourna pour regarder Sert. Docilement, il la suivit. Tous deux montèrent. Au palier du deuxième étage, elle s'approcha du jeune homme et lui toucha doucement la joue du revers de la main.

Il leva le bras et de toutes ses forces la repoussa. Elle tomba en arrière avec un cri. Ses hauts talons avaient glissé sur le bord des marches. Elle s'abîma du haut de deux étages sur le sol dallé. Froidement, il la regardait, penché sur la rampe. Elle n'était pas morte, mais grièvement blessée. On accourut; on arrêta Sert.

Tandis qu'on allait chercher la police, il demeura assis dans la salle; le fox-terrier Jip était auprès de lui et il le caressait. Il ne paraissait ressentir ni pitié ni remords. Le lendemain, dans la prison où il avait été enfermé, on lui dit que Mme Rémy était morte. Il baissa la tête, mais ne répondit rien. Il se tut également quand on lui demanda les raisons de son acte. On finit par supposer, devant l'absence de toute explication plausible, que Mme Rémy avait été sa maîtresse avant son départ pour la Chine, deux ans auparavant, qu'ensuite elle avait eu d'autres amants (l'enquête démontra qu'elle était sensuelle et facile) et qu'il l'avait tuée dans un mouvement de jalousie. Le jury, à un crime de ce genre, se montra indulgent. Sert ne fut condamné qu'à une peine légère.

La Grande Allée

Les gens de Saint-Georges, de Boissière, de Villeneuve, disaient que les gens de Trois-Rivières étaient des sauvages. Sur eux couraient des légendes et j'ai connu une femme de Saint-Georges qui, lorsque son garçon avait fait une sottise, le menaçait de l'emmener à Trois-Rivières. Et, là-haut, il verrait bien…

On savait peu de chose de Trois-Rivières. Les gens étaient des paysans farouches. On n'y comptait guère plus de quinze fermes situées de chaque côté de la Grande Allée. Du côté du levant, c'étaient les fermes de La Toussaille et, du côté du couchant, celles de La Margavelle. C'est ainsi qu'on avait nommé les deux parties de Trois-Rivières que partageait, au milieu, la Grande Allée de peupliers.

Les paysans de Saint-Georges, de Boissière et de Villeneuve disaient bien que ceux de Trois-Rivières devaient être sorciers pour avoir réussi à faire pousser de si beaux peupliers sur une colline, en plein roc, alors qu'eux-mêmes ne réussissaient pas mieux dans leurs prairies, pourtant si humides qu'on y avait du regain toute l'année. Les habitants de Trois-Rivières étaient étonnés eux-mêmes de cette pousse magnifique, mais personne ne pourrait dire combien ils étaient jaloux de leur sol qui avait produit une si belle allée. Les gens d'en bas, ceux de Saint-Georges et des autres bourgs, pouvaient bien parler de sorciers!...

Il n'y avait pas que la Grande Allée dont on était fier à Trois-Rivières. Il y avait aussi le père Grandvin. Beaucoup ignoraient même son nom et ne l'appelaient plus que le père Carillon. Il était le plus vieux et personne, ni lui non plus d'ailleurs, n'aurait pu dire exactement son âge. Sa maison n'était ni du côté de La Toussaille ni du côté de La Margavelle. Elle était au bout de la Grande Allée de peupliers. C'était un peu comme un chemin seigneurial pour aller chez lui. Et quand le curé parlait en chaire de Dieu le Père et du paradis, il parlait de la Grande Allée de peupliers conduisant à la maison Grandvin où siégeait le père Carillon lequel, pour faire plus vrai, s'était laissé pousser une belle barbe blanche.

Rien ne se faisait à Trois-Rivières contre la volonté ou même sans le conseil du père Carillon.

Avec le père Carillon, il y avait le curé pour diriger le troupeau. Ses confrères des alentours, quand ils se rencontraient à la veillée, évoquaient son souvenir d'un air ironique. Par charité fraternelle, on le disait un peu faible d'esprit... Mais chez les gens d'en bas on disait des choses curieuses. On prétendait que le curé de Trois-Rivières faisait des «passes» sur les malades, qu'il donnait des remèdes plus efficaces que ceux des médecins (et, pour cela, beaucoup regrettaient de ne pouvoir aller à Trois-Rivières sans encourir la réprobation). On disait même qu'il aidait les femmes en couches.

Les conseillers curiaux de Saint-Georges, avec monsieur le marquis de Penhouet, avaient alors décidé de mettre fin à un tel scandale. On fit une demande auprès de monseigneur qui, devant la haute influence de monsieur le marquis, promit d'intervenir. On dit même qu'il demanda au curé de Trois-Rivières de cesser son ministère. Mais il paraît que son successeur ne put jamais franchir le pont Buissonneau, au-dessus du Grand-Ri. Et le curé resta à Trois-Rivières.

La Grande Allée de peupliers, le père Carillon, le curé, c'étaient les trois merveilles de Trois-Rivières. Et peu de gens avaient pu les admirer ; il n'était pas facile de monter à Trois-Rivières, car c'est bien monter qu'il faut dire quand on parle d'y aller.

C'était un petit plateau, surgi brusquement de la plaine, un plateau tout de granit. Il n'y avait qu'à gratter un peu pour trouver le roc. Et les gens de Trois-Rivières n'espéraient pas beaucoup de leur terre. Il est vrai qu'il leur fallait peu.

Le Myoson, dans une grande courbe, contournait le plateau au nord et à l'est. À l'ouest, c'était le Grand-Ri et, au sud, la Moine qui mouillait le pied du parc de Loublande dans lequel il y avait une statue de la Vierge. Tous les ans, le jour du 15 août, il y avait un grand pèlerinage. Le curé célébrait sur un autel taillé à même le roc et les assistants pouvaient suivre l'office de toute la prairie qui s'étendait au-delà de la Moine. Les gens de Saint-Georges, de Boissières, de Villeneuve et d'ailleurs encore y venaient autant par curiosité que pour prier.

Le soir, tandis que les pèlerins s'en retournaient, on pouvait entendre les chants et les danses des gens de Trois-Rivières. Et la fête se prolongeait tard, la nuit, autour d'un grand feu. Si on disait que ceux de Trois-Rivières étaient des sauvages, c'était peut-être parce qu'ils paraissaient heureux et insouciants.

Il y avait encore quelque chose que les gens d'en bas ne pardonnaient pas à ceux de Trois-Rivières, les femmes, surtout : c'était la beauté de Marie. Bien peu connaissaient cette fille qu'on ne se souvenait pas d'avoir vue au-delà des rivières. Mais les gens de Trois-Rivières, tant elle était belle, en parlaient avec le même respect qu'on sentait en eux quand ils parlaient de la Vierge de Loublande.

Elle était toute petite quand une épidémie, que le curé n'avait pu conjurer, avait emporté son père et sa mère. C'était le père Carillon qui avait pris la décision de veiller lui-même sur l'enfant.

Elle était jeune encore, que son visage attirait le regard, un visage ovale avec un nez à peine retroussé. Elle avait surtout une magnifique chevelure, de couleur semblable à celle des feuilles des peupliers de la Grande Allée quand l'automne vient les prendre. C'est pour cela peut-être que les gens de Trois-Rivières étaient fiers de la Marie. Et quelle allure, aussi, quand elle venait du clos des Ajoncs, par la Grande Allée, portant en équilibre sur sa tête un peu de bois sec pour le père Carillon. Elle était toute cambrée sous le poids : son cou nerveux qui lui donnait un port de princesse, ses chevilles fines et sa poitrine, haute et ferme. Dans ses yeux surtout, il y avait une lumière si douce et si vive qu'ils brillaient comme une fleur d'ajonc sous le grand soleil d'été. Et Jeannot, qui était du côté de La Margavelle, disait qu'en voyant le regard de la Marie il sentait en lui une musique aussi douce que le chant du rossignol dans le Champ-Fleuri.

Pour tout cela, Marie était la fée du père Carillon et la Madone des Trois-Rivières.

Jeannot était fier d'avoir pu dompter le jeune poulain : il était vif et au début la mère avait bien un peu peur de voir son garçon essayer de monter cette jeune bête. Mais Jeannot avait la main sûre et solide et le cheval avait dû obéir.

Jeannot n'osait pas trop s'avouer pourquoi ce jour-là il avait mené sa bête vers le clos des Ajoncs. Il se doutait bien que la Marie viendrait comme chaque jour chercher du bois sec et de penser qu'elle pourrait le voir ainsi caracoler comme un chevalier faisait apparaître un sourire sur ses lèvres.

Il ne s'était pas trompé. La Marie revenait avec son bois sur la tête. Il la regarda ; elle était si belle ! D'un coup au flanc il lança sa bête, fit un grand tour pour rejoindre la Grande Allée de peupliers un peu plus haut et revenir vers la Marie. Il était heureux jusqu'à ce moment, mais dès qu'il se trouva en face d'elle, il sentit son visage devenir tout rouge. Il avait très chaud et son cœur battait tant qu'il en avait le souffle coupé. Arrivé à la hauteur de la Marie, il eut à peine la force de tirer sur les brides pour arrêter le cheval et saluer la Marie. Le jeune cheval sentit alors qu'il pouvait tenter de redevenir libre et, d'un élan violent, se lança au galop.

Les deux jeunes gens furent projetés à terre, mais Jeannot n'eut pas le temps de voir la Marie qu'elle était déjà relevée et s'enfuyait à toutes jambes vers la maison du père Carillon.

Il resta un instant à terre, étourdi, étonné et il allait se remettre debout quand, soudain, des gens — ceux du côté de La Toussaille — se jetèrent sur lui pour le battre, l'accusant d'avoir voulu du mal à la Marie.

Il revint avec une triste mine à la maison. La jambe gauche lui faisait si mal près de la cheville et le bras gauche aussi pendait comme un membre inerte mais douloureux. La mère cria contre le cheval car on crut d'abord que c'était l'animal qui avait mis Jeannot dans cet état. Mais, quand il eut raconté, le père serra les poings et cracha par terre dans la direction de La Toussaille. Sans rien entendre, sans écouter les prières de sa femme, il prit son fusil de chasse et partit vers la Grande Allée.

Il faisait presque nuit quand on entendit les premiers coups de feu. Toute la nuit on entendit claquer ainsi dans le ciel de Trois-Rivières. On riait un peu dans les bourgs d'en bas, mais on avait peur aussi. Surtout, on aurait tant voulu savoir !

Le curé était annoncé chez le père Carillon. Le bonhomme, sorti devant sa maison, savait qu'une sorte de folie s'était emparée des gens de Trois-Rivières ; il voyait dans la nuit jaillir des lueurs qui annonçaient une mort. Il écouta longtemps. Son chagrin était si grand que le pauvre homme ne pouvait plus faire un geste. Et puis, comment arrêter des fous ?

Quand il rentra, la Marie vit à la lueur de la lampe qu'il avait les lèvres aussi blanches que celles d'un mort.

Ceux d'en bas continuaient à entendre, par intervalles, le claquement des coups de feu. Quand le soleil se leva sur le côté de Margavelle, on tirait encore et ce jour-là il n'y eut pas de chants d'oiseaux. Le soleil semblait si lourd et si lent !

Cela dura jusqu'à trois heures dans l'après-midi.

Après cette nuit, la Marie n'avait plus son beau visage ; il était comme un champ labouré où la pluie a creusé des rigoles. Elle n'osait pas regarder les peupliers ; elle savait que le soleil d'automne y trouvait toujours les mêmes couleurs, mais pour elle, elles avaient perdu leur éclat ; et sa chevelure semblait aussi s'être ternie.

Près du Champ-Fleuri, quelques coups de feu partaient encore. Elle se faisait toute petite en montant au clos des Ajoncs. Un caillou, en roulant sous ses pieds, lui fit mal; elle s'arrêta pour le regarder, comme satisfaite de souffrir un peu; car il lui fallait une très grande souffrance dans son corps pour que son âme fût distraite de l'amertume qui la torturait. Si son pied avait été moins adroit, peut-être serait-elle tombée dans le ravin de l'Enfer. Il n'y avait que la nuit, le sommeil, qui pouvaient maintenant lui faire tout oublier.

Elle continuait cependant sa montée, un peu par habitude, un peu aussi pour monter au plus haut lieu des Trois-Rivières et voir la folie des siens. Elle savait que Jeannot y venait chaque jour. Peut-être, aujourd'hui, serait-il encore là…

Elle n'osa pourtant monter jusqu'à la plate-forme qu'on appelait les Vezins. Elle se blottit derrière un buisson pour attendre. Elle resta ainsi longtemps, longtemps et s'aperçut que maintenant les fusils se taisaient. Déjà, le soleil était bas. Qu'ils devaient être beaux, alors, les peupliers de la Grande Allée! Soudain, un rossignol qui n'avait pas attendu la nuit, tout près d'elle fit entendre une longue roucoulade. La Marie leva la tête; ce chant pourtant si doux, si clair, entra en elle comme un poignard qu'on enfonce dans une chair et qu'on retourne. La Marie tomba, la tête dans la mousse, et pleura.

Elle n'entendit pas la voix de Jacques Merand, l'apprenti boulanger qui l'appelait tout bas. Il fallut que le garçon s'approchât de la Marie et lui touchât l'épaule pour qu'elle relevât la tête. Pauvre apprenti!

La Grande Allée

Lui qui montait avec une âme de combattant, il fut bien étonné de trouver la Marie en pleurs. Certes, c'était une femme... Mais le regard de Jacques qui était si vif à l'instant, en voyant le visage de la Marie qui avait la couleur rouillée d'un granit lavé de pluie, perdit toute sa jeunesse. Soudain il était devenu très vieux, comme le regard d'un homme blasé, et Jacques n'osa plus regarder la Marie.

Dans sa tête de garçon-boulanger, il faisait des efforts pour comprendre ces larmes de la Marie. Il serrait dans ses mains le fusil de chasse que lui avait prêté le vieux Joseph. Il aurait à l'instant détruit le monde entier pour ne pas voir ce visage si triste.

Ils restèrent l'un près de l'autre sans rien dire. La Marie était de nouveau prostrée. Jacques l'entendait pleurer et cela l'énervait ; son désarroi était encore augmenté du fait qu'il ne savait pas lui parler et il savait que tous les efforts qu'il ferait pour rompre le silence seraient vains, n'aboutiraient qu'à lui faire prononcer des paroles inefficaces. Et puis il avait si peu l'habitude de parler aux filles qu'il lui faudrait être fou pour commencer par consoler la Marie !...

Et pourtant, il ne pouvait rester là, stupidement figé pendant que la Marie pleurait toute seule. Il frappait le sol de la crosse de son fusil et ses gestes étaient ceux d'un automate. Il avait martelé, brisé un pauvre colchique et, maintenant, il ne pouvait même plus distinguer un peu de mauve sur un pétale, tant il l'avait souillé de terre.

C'est alors qu'il entendit un bruit de feuilles

froissées. Quelqu'un était là. Il retint son souffle un instant et vit la haute silhouette de Jeannot. Jacques sentit son fusil dans ses mains. Il n'avait pas l'habitude de la chasse, mais un gibier de cette taille, et au gîte, il ne pouvait le manquer.

La surprise de voir Jeannot si près lui avait fait faire un geste brusque qui fit relever la tête à la Marie. Elle aussi vit Jeannot. Son visage devint si tendu, si plein d'une interrogation douloureuse qu'il ne semblait plus être celui de la Marie mais celui de la Vierge au pied de la Croix comme il était représenté sur un tableau accroché dans l'église. Jacques n'eut pas le temps d'épauler que la Marie avait saisi son fusil. Jeannot, en face, était toujours debout, comme étonné par le silence qui environnait toutes choses, maintenant que les fusils ne faisaient plus entendre leurs claquements secs. En faisant un léger effort, il réussit à prendre quelques feuilles d'un jeune peuplier. Il regarda longtemps ces feuilles d'automne, ces feuilles couleur des cheveux de la Marie. Puis, lentement, il les laissa s'échapper de sa main.

C'est à ce moment-là que Jacques appela : «Jeannot». Il ne savait pas pourquoi il prononçait ce nom mais il sentait que lorsqu'on a dit le nom d'un homme qui est là, devant soi, on ne peut plus tuer cet homme.

Jeannot tourna la tête vers l'endroit d'où on l'avait appelé. Il vit Jacques et la Marie. Il baissa la tête comme un coupable. Ses lèvres auraient voulu dire des paroles de repentir, de réparation plutôt peut-être, mais il ne put que tendre ses mains, ses mains qui ne portaient pas d'armes.

La première, la Marie s'approcha de Jeannot, puis Jacques vint aussi près de lui. Ils étaient là tous les trois, ne sachant comment rompre ce silence qui pesait si lourd, mais aussi qui était en somme plus commode. Les regards de la Marie et de Jeannot se cherchaient et se fuyaient à la fois. Puis, la Marie dit seulement: «Le père Carillon est mort de tristesse...» Tous les trois se mirent en marche vers la Grande Allée. La Marie marchait au centre, un peu en avant de ses deux compagnons, Jacques étant à sa gauche et Jeannot à sa droite. C'était elle qui, maintenant, avait le plus d'assurance, et même la lumière était revenue sur son visage.

Elle s'arrêta un instant au commencement de la Grande Allée. Elle regarda rapidement Jeannot et Jacques puis, avec assurance, elle lança un triple hululement. Rien ne répondit d'abord. Elle recommença alors par deux fois. Le son, sourd, semblait s'infiltrer dans les feuilles des arbres, y prendre appui pour s'envoler plus loin. C'est alors que du côté de Margavelle et de la Toussaille, timidement puis de plus en plus rapprochés, se firent entendre des triples hululements qui allèrent jusqu'à former une mélopée continue. On aurait dit un soir très chaud de l'été, quand le bruit des bourdons envahissait Trois-Rivières.

Puis les champs, les fourrés s'animèrent; des hommes avec leurs fusils venaient vers la Grande

Allée. La Marie lentement s'avançait, les regardait, et tous baissèrent la tête comme de petits maraudeurs. Le regard de la Marie était devenu si clair, si vif, comme autrefois.

Ceux de Margavelle derrière Jeannot, ceux de la Toussaille derrière Jacques, ils formaient maintenant deux longues files d'hommes à la démarche embarrassée et pesante. On se disait, presque à voix basse, que le père Carillon était mort de tristesse. Cela faisait un murmure confus, comme au jour des enterrements quand on suit le cercueil au cimetière.

Au bout de la Grande Allée, devant la maison du père Carillon, il y avait une petite douve que l'on franchissait sur un pont où trois hommes pouvaient passer, mais quatre à grand-peine. Quand le cortège atteignit le pont, le curé qui avait entendu le murmure de cette troupe sortit sur le pas de la porte. La troupe s'arrêta. La Marie, comme les autres, s'inclina, attendant les paroles de condamnation. Le vieux curé ne dit rien ; il savait que ses ouailles portaient le repentir dans leur cœur et qu'il n'y avait plus qu'à pardonner.

La Marie releva alors la tête et simplement, tranquillement, dans un geste qui rejetait toute cette journée dans le passé, dans l'oubli, prit le fusil de Jacques et le jeta dans la douve. L'un après l'autre, en passant, les hommes eux aussi jetèrent leur fusil dans la douve.

Le père Carillon était couché sur un lit tiré de draps blancs. Ses mains étaient enroulées d'un vieux chapelet. Son visage était calme. Près du corps, des femmes récitaient le chapelet, en lançant un regard interrogateur à la Marie, tandis que le murmure continuait: «Pardonnez-nous nos offenses comme nous pardonnons à ceux qui nous ont offensés.»

Tout le village était maintenant près du père Carillon. Nul n'osait regarder vers la douve. Mais il y avait des cœurs qui tremblaient; on disait que les sorciers se promenaient les soirs d'automne qui étaient sombres. Et ce soir-là, la terre était noire. Si un être maléfique venait, profitant de la nuit pour retirer un fusil...

Les vierges

Ils s'étaient aimés : ils n'avaient pas vécu heureux ensemble. Ils étaient violents et jaloux tous les deux, aussi incapables l'un que l'autre de résignation et de douceur. Mariés, ils avaient des querelles d'amants ; leur existence était traversée d'orages qui s'achevaient en réconciliations passionnées et tendres. Ils s'étaient rencontrés à l'âge de vingt ans ; ils en avaient quarante-cinq à présent ; elle avait été d'une grande beauté, mais, pour son malheur, elle avait un de ces visages tourmentés dont le fard n'arrive pas à masquer les rides ni l'expression amère ; depuis la naissance d'une enfant venue sur le tard, qu'elle chérissait, mais qu'elle n'avait pas désirée, son corps lui-même, jadis admirable, s'était alourdi et déformé. Le mari paraissait jeune encore. Doué d'un caractère aventureux et inquiet, il n'avait pas pu se fixer en France. Il avait parcouru le monde. Autant que cela était possible, la femme l'avait suivi. Ils n'avaient pas de fortune. Ils avaient connu de durs moments. Ces dernières années, il avait fini par trouver du travail au Maroc ; il était architecte. L'âge venait, et avec lui la sagesse et la chance, disait-il en riant. Il était presque riche ; les mauvais jours s'effaçaient de leur souvenir. Alors, il était parti avec une maîtresse.

Maintenant, la femme et l'enfant revenaient en France, seules.

La femme espérait trouver un refuge auprès de l'une de ses sœurs, institutrice dans un petit village du Centre. Il y avait eu je ne sais quel malentendu à propos des heures du train et personne n'attendait à la gare, sous la neige, les deux voyageuses. C'étaient ma mère et moi.

J'avais sept ans. Je ne comprenais rien. Je m'accrochais à l'ample jupe de ma mère. Je grelottais. Je regardais tomber les flocons transparents que la lanterne peinte d'un homme d'équipe éclairait alternativement d'un vert tremblant et doux et d'un rouge foncé de sang. On m'abandonna, pendant que ma mère s'occupait des bagages, dans une étroite salle nue où un poêle chauffait très fort. Puis je sortis de la gare, je me rappelle, et je traversai une petite place toute noire entourée de maisons endormies. Une voiture nous emporta à quelques kilomètres de là, à travers une campagne désolée. Les champs couverts de neige projetaient vers le ciel sombre leur diffuse lumière. J'aperçus des fermes au bord d'une eau gelée, un mur en ruine, des sapins qui me parurent gigantesques ; le vent soufflait dans leurs branches et arrachait d'eux une vibration continue, musicale et plaintive comme celle qui s'échappe des fils télégraphiques par les jours froids d'hiver. Je pleurai tout bas. Ma mère voyait mes larmes, s'efforçait de me sourire. Elle avança la main vers moi et caressa tendrement mes cheveux; cette main brûlait et je sentais sur mon front une pulsation irrégulière et rapide. Je dis avec surprise:

— Comme tu as chaud, maman. Moi, je grelotte.

Elle ne répondit pas.

Le trajet dura près d'une demi-heure; les chemins étaient mauvais. Le temps me paraissait bien long et ma tristesse augmentait de minute en minute. Enfin, maman leva la tête et dit, comme la voiture s'arrêtait:

— Nous sommes arrivées, Nicole.

Une porte s'ouvrit, et il en sortit de la lumière, de la chaleur, les reflets d'un feu rougeoyant, des voix amicales, des rires et des exclamations et un parfum que je sens encore: celui d'une soupe de campagne, d'un pot-au-feu cuisant dès le matin sans doute sur un feu de bois à l'ancienne mode; le sifflement de ce feu de bois, son odeur, l'arôme un peu sucré du céleri qui dominait le tout, tout cela pénétra d'un extraordinaire bien-être mon petit corps transi. J'étais encore debout dans la nuit, dans le froid, je n'avais pas franchi le seuil de cette belle cuisine et déjà le passé, mon père, le soleil du Maroc, le voyage et ma fatigue étaient oubliés. Je n'avais presque plus de chagrin. Au-dessus de ma tête des femmes pleuraient et s'embrassaient. Je les observai timidement; elles étaient trois qui entouraient ma mère; elles me parurent vieilles ; l'une était courte et ronde avec de bonnes joues grosses et un peu tremblantes ; la seconde, longue et mince, aux cheveux gris bien tirés ; la troisième — ma tante Alberte — avait de grandes lunettes rondes qui chevauchaient un petit nez retroussé. Ma mère aimait beaucoup cette sœur. Quand elle en parlait, c'était comme d'une jeune fille : elle ne l'avait pas vue depuis vingt ans. Je fus étonnée de l'entendre appeler : «Alberte, ma petite Alberte, ma chère petite sœur» celle qui me paraissait une si vieille demoiselle. J'appris par la suite que les deux autres personnes étaient une parente éloignée et une amie d'enfance de ma mère. La grosse se nommait Blanche et la maigre Marcelle ; j'ai oublié leurs noms de famille. La première était employée des postes au village ; l'autre, institutrice comme ma tante, était venue passer les vacances de Noël chez cette dernière. C'était un 23 décembre. Au salon, on avait dressé un sapin orné de guirlandes, de jouets et de friandises pour moi. On me le fit admirer, mais je ne voyais rien : je dormais debout. La table était mise à la cuisine, tout était clair, chaud et brillant. J'avalai quelques cuillerées brûlantes de potage, puis je tombai dans un sommeil profond. Quand je me réveillai, j'étais couchée sur un petit divan arrangé en lit, dans la chambre de ma tante. La porte de la salle à manger demeurait ouverte et je voyais les quatre femmes assises près du feu ; il devait être très tard ; elles avaient parlé à voix basse d'abord, sans doute pour ne pas me réveiller, puis elles avaient oublié ma présence et j'entendais chaque mot. Ma mère racontait comment mon père s'était enfui avec une maîtresse. Ses paroles étaient entrecoupées de larmes, de soupirs, d'imprécations.

— Tais-toi, Camille, tais-toi, tu te fais mal, disait ma tante avec pitié.

— Non, laisse, au contraire, ça me soulage, répondait ma mère. Tout ça m'étouffait…

Je la voyais porter ses mains à sa gorge comme si, véritablement, elle éprouvait une sensation physique de suffocation. Ses pleurs coulaient.

— Il m'a rendue trop malheureuse, disait-elle. Vous ne savez pas, vous ne pouvez pas savoir… Je l'ai trop aimé. Aimer un homme à ce point, même s'il est votre mari, c'est un péché, je crois. Du moins, je me sentais coupable. C'était trop. J'étais hypnotisée par lui. Si vous saviez dans quelles conditions il m'a fait vivre ! Je l'ai suivi dans des bleds où aucune femme d'Européen n'aurait consenti à vivre. C'était au temps où il construisait un palais pour un petit potentat africain. Et encore là, ce n'était pas le pire. Il n'y avait que les indigènes dont je pouvais être jalouse. Mais à Casa… Vous ne savez pas ce que signifie « vivre dans l'angoisse ». Se réveiller en pensant : « Il n'est plus là. Il est parti et ne reviendra pas. » L'attendre. L'attendre encore. Le voir, cette joie aiguë, presque désespérée : « Enfin, il est là. Ce n'est pas encore pour aujourd'hui. » C'est qu'il n'était pas infidèle à la manière des autres maris qui courent, mais, comme les chiens, finissent toujours par revenir à l'attache. Moi, je savais qu'un jour il partirait pour de bon. Il ne l'avait pas caché. « Ma petite, tu m'as gardé vingt-cinq ans, disait-il. C'est un tour de force. Mais, un jour, je m'échapperai. » Méchant, non, il n'était pas méchant, mais terrible, indocile, un véritable tempérament d'aventurier. Il me regardait parfois avec une sorte de stupeur, comme si véritablement il ne me reconnaissait pas, comme s'il pensait : « Qu'est-ce qu'elle fiche donc ici, cette femme ? » L'enfant ? Mais des hommes comme lui n'ont pas des cœurs de père. Je n'ai pas à le blâmer, d'ailleurs. Moi seule, je suis coupable. Jamais je n'aurais dû l'épouser. Nous avions vingt ans tous les deux, mais déjà il se connaissait. Il savait de quel sang il sortait. Son père était parti de même, un beau jour, laissant sa famille ; il a disparu ; on n'a jamais su ce qu'il est devenu. « Je n'aime pas l'argent ; je n'aime ni les cartes, ni le vin, ni les femmes, disait mon mari. Mais j'ai une passion : le changement. Sortir de son ancienne vie comme le serpent se dépouille de sa peau. Je te préviens que je te ferai souffrir. » Mais moi, je n'ai pas voulu le croire. Mon Dieu, mon Dieu, pourquoi ne t'ai-je pas imitée, Alberte ? Pourquoi ne suis-je pas restée seule et tranquille, sans homme, comme vous ? Je vous regarde et je vous envie. Alberte, est-ce que tu sais à quel point tu es heureuse ? L'amour, l'amour, quelle horreur, quel mensonge ! s'écria ma pauvre mère.

— Mais, dit doucement la grosse Blanche, tous les mariages ne sont pas...

— C'est la vie qui est affreuse. Vous êtes à l'écart de la vie, vous avez raison. La vie ne peut que faire du mal, mutiler, salir, blesser. Ce sont les hommes qui disent qu'il n'y a pas de vie pour la femme en dehors de l'amour. Mais vous qui vivez seules, n'êtes-vous pas heureuses ? Regardez-moi. Je suis seule comme vous à présent, mais non pas d'une solitude choisie, recherchée, mais de la pire solitude, humiliée, amère, celle de l'abandon, de la trahison. Je n'ai pas de métier, rien pour occuper mon cœur et distraire mon esprit. L'enfant ? Mais c'est un regret, c'est un souvenir vivant qui me poursuit. Vous, vous êtes heureuses.

Il y eut un assez long silence. Ma tante Alberte se leva pour arranger le feu. Elle souffla longuement sur le bois qui ne voulait pas brûler et se plaignit.

— Ils m'ont livré du bois humide. Tu l'entends qui pleure ?

En effet, un chuintement, un sifflement, un miaulement plaintif s'élevaient de la cheminée. J'écoutais, fascinée, et j'imaginais ce bois pleurant, ces tronçons de bouleau, de cerisier ou de chêne qui répandaient autour d'eux leurs larmes en grosses gouttes d'argent.

— Ma pauvre Camille, dit enfin ma tante, je t'avoue que je n'ai jamais envié ton sort. Je suis parfaitement heureuse, il est vrai. J'ai un métier qui m'intéresse, une petite aisance. J'aime les enfants, j'aime enseigner. Je me plais à la campagne. Ce qu'il y a de bon ici, tu verras, c'est que c'est la vraie campagne, un peu sauvage, pas le petit trou de province où les gens sont à l'affût des potins. La nature est très belle. Et, tu le vois, j'ai ma maison.

Les autres l'approuvèrent.

— Oui, il est certain que ton exemple, Camille, n'encourage pas à l'amour. Ne disons pas : au mariage, mais à l'amour. Moi, dit Marcelle, je n'aurais pas pu supporter une existence pareille. Tout ce que tu as enduré... Naturellement, au début, tu as été heureuse.

— Je n'ai jamais été heureuse, dit vivement ma mère. Nous étions mariés depuis cinq mois quand j'ai appris qu'il me trompait. C'était aux premiers temps de ma grossesse. Vous ne le savez pas, mais une femme, à ces moments-là, se sent si faible, si inquiète. Elle a tellement besoin d'une présence constante qui la rassure. Vous ne pouvez pas comprendre ça. Moi, je savais qu'il me trompait et qu'il n'y avait rien à faire : le quitter ou fermer les yeux, j'avais le choix. Je l'aimais, j'ai tout accepté. Oh! non, non, je ne peux même pas dire que j'ai été heureuse.

Les vieilles filles murmurèrent des paroles de consolation, de tendresse. Ma tante dit avec douceur :

— Viens ici, viens t'étendre près du feu, ma pauvre Camille. Va, nous te dorloterons, nous te ferons oublier les mauvais jours. Est-ce qu'il n'est pas agréable de nous retrouver toutes ensemble, comme autrefois? Comme la vie est bizarre! Est-ce que vous pensez quelquefois qu'à chacune de nous, à un moment donné, il est arrivé quelque chose qui a infléchi sa destinée dans telle ou telle direction ? Tu m'as souvent raconté, Camille, ta première rencontre avec ton triste mari.

— Oui, dit ma mère, il était de passage dans notre petite ville. Il allait visiter l'église, et moi, maman m'avait envoyée chercher du fil rose chez la mercière. Au moment de sortir, je me suis regardée dans la glace. J'ai trouvé que mon chapeau ne m'allait pas. Je suis rentrée et j'ai pris mon chapeau neuf, et en sortant, sur le seuil de notre porte, Henri et moi nous nous sommes rencontrés, nous nous sommes regardés, nous nous sommes aimés... Eh bien, cinq minutes plus tard il s'en allait d'un côté et moi de l'autre, nos chemins ne se croisaient pas et je vivais tranquille, comme vous, jusqu'à la vieillesse.

— Moi aussi, dit la grosse Blanche en riant, moi aussi je peux me rappeler le moment précis qui a changé ma vie. Je ne vous l'ai jamais raconté ; cela m'humiliait trop : j'avais vingt ans, j'étais amoureuse de... Bah ! Je ne vous dirai pas de qui. C'est trop tard maintenant. Il est mort. Il a laissé cinq enfants et sa veuve n'a pas le sou. Une grande rousse, à la poitrine plate. Je la vois quelquefois quand je suis en visite chez mes parents. Eh bien, un jour je savais qu'il allait me dire... me proposer... me demander... Enfin (elle eut un petit rire puéril), vous savez, une femme ne se trompe pas à ces choses-là. Je savais qu'il allait me demander en mariage. Nous étions seuls, nous étions timides. Il s'est approché de moi et à cet instant j'ai senti craquer l'épaulette de ma chemise. J'avais une blouse légère avec des entre-deux de dentelle, comme c'était la mode en ce temps-là, et si ma chemise tombait on allait voir ma poitrine. D'abord, nous n'étions pas de petites effrontées comme les jeunes filles d'aujourd'hui. Montrer sa poitrine à un homme, quelle horreur! Mais, je crois, je vous le dis en confidence, que si j'avais eu une poitrine parfaite... Hélas! j'ai toujours été un peu grasse. Alors, j'ai poussé un cri, je suis devenue très rouge et presque en pleurant j'ai dit: «Ne m'approchez pas, Eugène, ne m'approchez pas!» Il était désolé, le pauvre garçon. «Mais pourquoi, Blanchette? Qu'est-ce qu'il y a? Est-ce que je vous fais peur?» Je ne pouvais que répéter, en croisant farouchement mes bras sur mes seins: «Allez-vous-en. Je vous dis de vous en aller!» Il a cru qu'il me faisait horreur. Il m'a quittée. Le lendemain, il m'a saluée très froidement, et jamais plus, jamais plus...

Elle soupira.

— Voyez, si ma chemise avait été faite d'un tissu plus solide, je restais veuve avec cinq enfants et sans fortune, comme cette pauvre rousse.

— Le nez de Cléopâtre, s'il eût été plus court, dit machinalement ma tante.

Marcelle intervint.

— Je ne suis pas de votre avis. Ce n'est pas une question de hasard, mais d'instinct. Une de mes collègues, vieille fille comme moi, quand on lui demande pourquoi elle ne s'est pas mariée, répond : « Ça s'est trouvé comme ça. » Mais non, ce n'est pas exact. On a la vocation du mariage ou on ne l'a pas. Mariage, amour, vie tout simplement. On veut vivre de toutes ses forces, ou on désire la paix. Moi, j'ai toujours désiré la paix. Je me suis imaginé, pendant quelque temps, que j'aimerais être religieuse, puis j'ai compris que ce n'était pas Dieu qu'il me fallait, mais être tranquille et seule, avec mon petit train-train, mes chères habitudes. Un homme ! Grand Dieu ! Que ferais-je d'un homme !

— Un homme ! répéta ma mère en écho.

Et, après un silence, elle ajouta :

— Tu as raison, Marcelle. Ce n'est pas une question de hasard, mais d'instinct, et même de désir. Finalement, on obtient toujours ici bas ce qu'on a désiré avec violence, et c'est notre plus grande punition, acheva-t-elle.

Je pensai confusément que son ton, sa manière de parler, tout avait changé en une heure. Et à partir de cette nuit-là, en effet, elle ne fut plus jamais la même ; elle devint une dame-de-la-campagne, un peu forte, occupée à la cuisine, au potager et au jardin, soignant les poules et les malades pendant que ma tante était à son école. Elle s'apaisa au point de répondre quelques années plus tard à mon père qui voulait reprendre la vie commune :

— C'est comme si tu demandais à un aliéné guéri de revêtir à nouveau la camisole de force, mon pauvre enfant...

Mon père mourut quelques mois plus tard, brusquement, en plein bled, tout seul.

Cette nuit dont je parle est restée dans mon souvenir. J'écoutais ces femmes. Je regardais le feu. Je comprenais à demi. Je voulais dormir, mais leurs paroles me tenaient éveillée. La maigre Marcelle tricotait ; j'entendais le cliquetis ténu des aiguilles d'acier et le son de ses paroles.

— Moi, je suis l'aînée d'une famille de dix enfants, comme vous le savez. Dix enfants dans une famille de pauvres, dans un logement étroit, vous pensez que je devinais bien des choses. Moi, je n'ai jamais rêvé à l'amour, ni au mariage, ni à la maternité. Je connaissais l'envers de tout ça, l'air faraud du père qui s'en va au café et qui laisse la mère à la maison « se débrouiller avec ses gosses ». Se débrouiller, oui, ou mourir à la peine comme elle l'a fait, la pauvre femme. Elle est morte en mettant au monde le onzième enfant, le dernier, mon frère Louis. Et qu'on ne vienne pas me parler des bébés et du bonheur de les soigner, de les dorloter. Je sais ce que c'est, moi, je sors d'en prendre, j'étais l'aînée, vous comprenez. C'était moi qui aidais à la lessive, au ménage, à la confection des biberons. Moi qu'ils réveillaient avec leurs pleurs, moi qui voyais ma pauvre mère, lasse, flétrie, à trente ans, l'air d'une vieille, sans jamais un moment de répit, travaillant à la maison, travaillant au jardin, toujours un gosse pendu à sa main ou à sa jupe, un autre dans ses bras. Oh ! non, je n'ai jamais désiré un homme ou des bébés. Dieu merci, je suis bien tranquille, je gagne ma vie, j'ai mon jardin, ma petite maison, des fleurs, des bêtes. J'étais faite pour cette vie-là et pas pour une autre. Et toi aussi, Blanche. Si tu avais été une amoureuse, tu n'aurais pas repoussé ce jeune homme : tu aurais oublié ta pudeur et même ta crainte de n'être pas assez belle à ses yeux. Si tu avais été une amoureuse, tu aurais senti d'instinct que ton amour t'embellissait.

Je n'étais qu'une enfant, j'avais sept ans, mais j'étais frappée de la manière dont ces vieilles filles prononçaient les mots « amour, mariage, maternité, enfant ». Quelles voix, amères et tendres !

— Toi, pourtant, Alberte, dit ma mère en mettant sa joue dans sa main, en regardant pensivement le feu, toi, pourtant, tu semblais créée pour l'amour. D'abord, tu étais jolie...

— Oh, non, protesta ma tante.

— Si. Tu étais la plus jolie de nous toutes. Encore maintenant, tes traits sont beaux et fins. Si tu n'avais pas ces affreuses lunettes...

— Mes pauvres yeux, soupira ma tante.

— Ah ! ma vieille Alberte, à dix-sept ans que tu aimais rire, et t'amuser, et plaire ! Et, tout à coup, tu as changé. Pourquoi ?

— Changé ? dit ma tante. Que veux-tu dire ?

— Eh bien, tu refusais toutes occasions de sortir, de fêtes, de promenades. Tu fuyais les jeunes gens. Pourquoi ? J'ai cru, un instant, à une vocation religieuse. Puis j'ai pensé que tu avais aimé quelqu'un qui n'avait pas voulu de toi.

— Je n'ai jamais aimé personne, dit ma tante Alberte, et sais-tu pourquoi? Je te voyais, Camille, je comprenais à quel point tu étais malheureuse. Oui, tu croyais cacher ta vie à la famille, et, sans doute, papa et maman ignoraient tout. Mais pas moi. Tu sais que je t'ai toujours tendrement chérie. Tu étais ma sœur préférée. Par ton mariage romanesque, par ton obstination à épouser Henri malgré la volonté de nos parents, tu avais acquis à mes yeux un prestige extraordinaire. Tu étais pour moi un enseignement vivant et un exemple. Si tu avais été heureuse, je t'aurais imitée. Mais, un jour, j'ai été témoin d'une scène. Oh! c'était affreux.

— Une scène…, fit ma mère d'un ton bas, et elle haussa les épaules comme pour exprimer qu'il y en avait tant eu et qu'elles ne signifiaient rien.

Ma tante s'était redressée sur sa chaise. Elle ôta ses lunettes d'un mouvement vif et je m'aperçus qu'en effet elle était jolie encore. Ce petit nez retroussé, impertinent et fin, la courbe de ses belles paupières, le dessin ferme et rond des joues juraient avec ses robes démodées, sa coiffure de vieille, cette rigidité qui lui venait sans doute de son attitude habituelle de professeur: très droite, dominant ses élèves, et le point de mire de tous les regards.

— Oh! mais cette scène-là, Camille, je suis sûre que tu ne l'as pas oubliée. En tous les cas, elle a fait sur moi une impression extraordinaire. C'était…

Elle s'interrompit.

— Mais tu ne bois pas ton vin chaud, s'écria-t-elle avec reproche.

Elle éleva un instant entre ses mains un verre plein d'un liquide qui répandait une riche et chaleureuse odeur d'alcool et de cannelle. Ma mère but à petites gorgées. Ma tante continua.

— Tu étais mariée depuis un an, je crois; j'étais en visite chez vous, à Paris. Devant moi, vous ne vous étiez jamais querellés et je ne pouvais imaginer entre époux une intimité différente de celle de mes parents : quelque chose d'ineffablement exquis et paisible qui était à mes yeux l'essentiel même de l'amour. J'avais alors dix-sept ans, et je disais volontiers : « Moi, je ne ferai jamais un mariage de raison, mais d'amour, comme ma sœur Camille. » Et voici qu'une nuit...

Elle frissonnait encore à ce souvenir. Elle plia les épaules et tendit les mains d'un geste frileux vers la flamme.

— Un soir, vous étiez allés au concert, et moi, comme j'étais enrhumée, je n'avais pas voulu vous suivre. J'ai été réveillée par un bruit de voix irritées. Ma chambre était voisine de la vôtre. J'ai entendu, sortant de ta bouche, Camille, des paroles... Oh! elles me glacent encore quand j'y pense. Tu répétais d'une voix sourde et monotone, comme une plainte : « Je voudrais être morte, Henri, je voudrais être morte. » Je n'ai jamais su exactement ce qui s'était passé entre vous, mais il était question d'une autre femme, et lui… il n'essayait pas de se disculper ou de te consoler. Il riait, la brute! d'un rire si cruel, si insolent, si impitoyable que si j'avais été un garçon, je lui aurais cassé la figure en deux. Mauvais homme! Sans cœur! Puis vous avez parlé tous les deux très haut, vous jetant à la tête des injures que j'écoutais le cœur battant, bouleversée de crainte et de pitié. Ma pauvre Camille… Ma sœur chérie… Cette nuit-là, il t'a battue. J'ai entendu tes cris. Je me bouchais les oreilles. J'enfonçais ma figure dans le traversin, je me cachais sous les draps pour échapper à ces plaintes, à ces cris, mais ils me poursuivaient encore. Dieu! pensais-je, c'est ainsi que finit l'amour? Des baisers, des caresses pour commencer, et ensuite des coups? Et une femme peut perdre à ce point toute fierté de soi! Pardonne-moi, Camille, je sais que tu l'aimais encore et que, d'autre part, tu aurais préféré mourir, comme tu l'as dit souvent, plutôt que d'avouer la vérité à ta famille, mais tout de même, tout de même, un pareil abaissement, toi, si fière! J'attendais le lendemain avec épouvante. J'étais prête à te dire: «Quitte-le. Reviens avec moi, chez nous. Je te dorloterai, je travaillerai pour toi…» Enfin, ce que je te dis aujourd'hui, acheva ma tante d'une voix très douce. Pauvre Camille! Tu as bien souffert, mais tu m'as rendu, cette nuit-là, un grand service. Je t'ai quittée le lendemain; je suis retournée chez nous. Je n'ai rien osé te dire, et, d'ailleurs, tu décourageais les confidences. «Je suis heureuse, petite sœur», disais-tu alors. Le temps a passé, mais l'impression affreuse de cette nuit est demeurée si vive que lorsque des hommes me disaient des paroles d'amour, j'entendais de nouveau tes gémissements, tes cris, son rire, et l'homme me faisait horreur. C'est pour cela que je ne me suis jamais mariée. Quant au mariage arrangé par les parents, je n'en ai pas voulu. Toi, tu as oublié cette nuit...

Il y eut un silence entre elles, si long que j'allais m'assoupir. Je fermai à demi les yeux ; puis un soupir me réveilla ; je regardai machinalement ma mère. Elle avait bu le vin chaud. Un peu de couleur était monté à ses joues. Elle semblait détendue, mystérieusement apaisée et détachée de tout. Elle soupira encore deux, trois fois :

— Je ne l'ai pas oubliée, Alberte. Cette nuit-là, si tu savais... Mais tu ne peux pas comprendre cela. Il faut être femme, avoir été faite femme, tu comprends, dit-elle d'un ton bas, secret et comme honteux, et avoir eu un amant jeune pour le comprendre. Eh bien, oui, il m'a injuriée, frappée. Il s'est moqué de moi. Mais après, oh ! Alberte, innocente, naïve Alberte, si tu étais entrée dans notre chambre, tu aurais vu que nous échangions des baisers meilleurs, d'un autre goût que les fades baisers donnés par papa à maman, et dont tu parlais tout à l'heure. Alberte, je t'ai dit que je n'ai jamais été heureuse, et c'est vrai, mille fois vrai, mais... Ce n'est pas du bonheur. C'est un goût que l'amour seul peut donner à la vie, un goût de fruit, sapide, juteux, presque un peu âpre, un goût de jeunes lèvres...

— Un goût de cendre pour finir, dit sévèrement Marcelle.

— Oui, mais... vous ne me comprenez pas. L'amour naît de la douleur, se nourrit de larmes. Cette nuit-là, Alberte, a été la plus belle peut-être de toute ma vie. Je ne dis pas la plus heureuse, mais la plus belle, la plus comblée. J'avais pleuré, et il buvait mes larmes. Et j'entends encore l'aspiration légère, le petit bruit haletant de ses lèvres. Tu dis : « Tu acceptais tout parce que tu l'aimais encore », et dans ta bouche, ces mots : « tu l'aimais », sont fades et froids. Mais pour moi... Ah! je ne sais pas si je l'aimais ou non. C'est à peine une question d'amour. J'avais besoin d'une inflexion de voix, d'un bruit de pas, du contact de sa main sur ma nuque, de ses coups et de ses baisers. Besoin comme de pain, d'eau et de sel.

C'était étrange. Les paroles de ma mère étaient pauvres et malhabiles et son ton égal et monotone, sans passion. Oui, vraiment, il ne restait plus trace de passion en elle, aurait-on dit. Mais elle avait l'inimitable prestige de l'expérience. Elle parlait à ces vieilles filles comme un musicien, un artiste, un créateur de génie à de petites demoiselles de pensionnat qui jouent la *Sonate au clair de lune* avec des hésitations, des fausses notes et des repentirs. Par moments, lorsqu'elle prononçait le nom de mon père, sa bouche faisait un mouvement étrange qui tenait le milieu entre la morsure et le baiser.

Je crois que pour la première fois de sa vie elle

parlait son amour. Elle éprouvait de l'aversion envers toutes les femmes qui lui semblaient des rivales en puissance; elle n'avait pas d'amies. Mais ces trois vieilles compagnes étaient sûres: elles ne prendraient pas l'homme chéri. Elle se confiait à elles; elle commença à parler avec réticence, puis elle se laissa entraîner par le flot des souvenirs. Et, sans doute, à mesure qu'elle parlait, l'amour la quittait; il s'échappait de son cœur comme le parfum fuit un flacon débouché. Je vous dis qu'à partir de sa première nuit en France elle se mit à oublier mon père.

Elle disait encore, avec une profonde pitié:

— Bien sûr, vous ne pouvez pas comprendre. Ainsi, toi, Marcelle, tu ne t'es pas mariée parce que l'exemple de ta mère t'épouvantait: une grande famille... pas d'argent... Certes, cela fait peur. J'ai connu ta mère. Je me rappelle cette malheureuse, toujours grosse, épuisée d'enfants. Mais si tu savais... Tiens, lorsque la petite est née, je la nourrissais, j'avais des crevasses au sein. C'est une douleur dont tu peux à peine te faire une idée; on dirait que l'on t'enfonce la lame d'un couteau dans le sein et qu'on coupe l'intérieur en deux comme un fruit. Et pourtant, lorsque le lait coule, mêlé de sang parfois, dans la bouche d'un petit qu'on a fait... ah! ma pauvre Marcelle... C'est la vie, que veux-tu? la vie toute crue.

Ma mère se tut. J'entendis le tintement du verre vide qu'elle reposait sur la table. Ses cheveux s'étaient dénoués: de grands cheveux, longs et un peu raides, noirs, avec des mèches grises. Elle avait un beau visage que je revois encore, raviné, douloureux, creux, ravagé comme un labour d'automne. Les femmes, autour d'elle, se taisaient.

Blanche, la plus douce, soupira.

— C'est certain...

Elle n'acheva pas. Marcelle dit fièrement, la bouche pincée :

— À d'autres ces plaisirs-là, ma chère, je t'assure.

— Mais tu disais tout à l'heure, s'écria tante Alberte, tu disais...

— Que j'avais été malheureuse, interrompit ma mère. C'est vrai. Je vous envie. J'envie vos existences tranquilles, mais... j'ai été riche, vous comprenez, j'ai été comblée, et vous, vous n'avez jamais rien eu.

Alors Alberte, ma tante Alberte, laissa tomber son tricot, porta ses mains à ses paupières et, tout à coup, éclata en sanglots.

Ma mère, étonnée, désolée, s'était levée lourdement et allait vers elle. Ma tante la repoussait.

— Qu'est-ce qu'il y a, Alberte chérie ? Je sais, je comprends, tu as pitié de moi, tu pleures...

— Pitié de toi ? répondit Alberte. Oh ! non ! pas de toi, Camille.

Elle acheva avec une rancune douloureuse :

— Tu n'aurais jamais dû nous raconter tout ça, ma pauvre sœur.

Notice

Nouvelles publiées

« Film parlé », *Les Œuvres libres*, n° 121, juillet 1931 (datée « Nice, 1931 »); reprise in *Films parlés*, coll. Renaissance de la nouvelle, Gallimard, 1934 (paru en février 1935).

« Écho », *Noir et Blanc* (Albin Michel), n° 24, 22 juillet 1934.

« Magie », *L'Intransigeant*, 4 août 1938.

« Les revenants » (pseudo. Pierre Nérey), *Gringoire*, 5 septembre 1941.

« Les vierges » (pseudo. Denise Mérande), *Présent*, 15 juillet 1942.

Nouvelles inédites

« En raison des circonstances », manuscrit daté « Paris, fin novembre, guerre » (IMEC, transcription Olivier Philipponnat).

« Les cartes » (pseudo. C. Michaud, puis J. Dumot), automne 1940 (IMEC).

« La peur » (pseudo. C. Michaud), automne 1940 (IMEC).

« L'inconnue » (pseudo. C. Michaud, puis J. Dumot), avril 1941 ? (IMEC).

« La voleuse », avril 1941 ? (IMEC).

« L'ami et la femme », s.d., probablement 1942 (IMEC).

« La Grande Allée », juin 1942 ? (IMEC).

Tous nos remerciements à Pascale Butel, responsable du fonds Irène Némirovsky à l'IMEC.

Préface : Dans les fils du destin   9

Film parlé	25
Écho	95
Magie	101
En raison des circonstances	109
Les cartes	129
La peur	137
L'inconnue	141
La voleuse	151
Les revenants	169
L'ami et la femme	193
La Grande Allée	211
Les vierges	225

Notice   245

DU MÊME AUTEUR

Aux Éditions Denoël

SUITE FRANÇAISE, 2004 (Folio n° 4346), prix Renaudot.
LE MAÎTRE DES ÂMES, 2005 (Folio n° 4477).
CHALEUR DU SANG, 2007 (Folio n° 4721).
LES VIERGES et autres nouvelles, 2009 (Folio n° 5152).
LE MALENTENDU, 2010.

Aux Éditions Gallimard

FILMS PARLÉS, 1934.
UN ENFANT PRODIGE, 1992 (Folio Junior n° 1362).
IDA (Folio 2 € n° 4556).

Chez d'autres éditeurs

LES CHIENS ET LES LOUPS, *Albin Michel,* 1990.
LE VIN DE SOLITUDE, *Albin Michel,* 1990.
LE BAL, *Grasset,* 2002.
DIMANCHE et autres nouvelles, *Stock,* 2004.
LA PROIE, *Albin Michel,* 2005.
LA VIE DE TCHEKHOV, *Albin Michel,* 2005.
LES FEUX DE L'AUTOMNE, *Albin Michel,* 2005.
JÉZABEL, *Albin Michel,* 2005.
DAVID GOLDER, *Grasset,* 2005.
LES MOUCHES D'AUTOMNE, *Grasset,* 2005.
L'AFFAIRE COURILOF, *Grasset,* 2005.
LES BIENS DE CE MONDE, *Albin Michel,* 2005.
LE PION SUR L'ÉCHIQUIER, *Albin Michel,* 2005.

Composition Utibi
Impression Novoprint
á Barcelone, le 17 octobre 2010
Dépôt légal: octobre 2010

ISBN 978-2-07-043800-6 / Imprimé en Espagne.

174482